L'ÉTINCELLE

L'ÉTINCELLE

Recueil de textes de personnes détenues
et de membres du personnel pénitentiaire

LIRE POUR EN SORTIR
La réinsertion par la lecture

Les Presses de la Cité

92, avenue de France – 75013 Paris
ISBN 978-2-258-21296-1
Dépôt légal : novembre 2025

Je ne trempe pas ma plume
dans un encrier mais dans la vie.

Blaise Cendrars

Sommaire

Préface de Leïla Slimani 13

Textes de personnes détenues
Lauréats

L'étincelle, Marius Noirac
Grand Prix 19

La petite étincelle 2.0, Florian C.
Prix Coup de Cœur 35

L'étincelle, Lolita C.
Prix Spécial 49

Étincelle éternelle, Romain V.
Prix Jeune Auteur (moins de 26 ans)... 53

Textes de membres
du personnel pénitentiaire
Lauréats

L'étincelle, François M.
Grand Prix 57

Le chignon, Audrina H.
Prix du Jury.. 77

Textes sélectionnés
de personnes détenues

Plus de 26 ans

Étincelle, Vanina 91

Les combattants de la vie, Rédouane 97

L'étincelle, Laurent B. 101

L'étincelle, Matthieu B. 105

L'étincelle, Philippe G. 109

Mortelles étincelles, Michel J. 115

Nouveau jour, Aymeri S. 119

Question de temps, Bernard C. 125

Moins de 26 ans

Lumière obscure, Mohamed Tadj-eddine B. 129

Tic-tac, Akikamikasy 131

Textes sélectionnés de membres du personnel pénitentiaire

Ils ont éteint celles qui restaient, Aude D. 135

Maudite étincelle, Izzat C. 149

Une lumière brille encore, Lou C. 155

Préface

En mars 2020, alors que le monde entier faisait l'expérience de l'enfermement en raison du Covid, nous avons créé un concours d'écriture à destination des détenus. Nous voulions donner aux personnes privées de tout lien avec l'extérieur l'opportunité de participer à une activité qui ne nécessitait pas d'interactions et qui faisait appel à leur seule mobilisation.

Quelques années après, à l'heure où la société et les politiques durcissent leurs postures vis-à-vis de la prison, notre ambition est de faire changer le regard sur les hommes et les femmes qui y passent de façon transitoire.

Nul n'est destiné à rester toute sa vie en

prison. Celle-ci ne doit pas renoncer à sa vocation première, celle de la réinsertion, car une personne qui en sortirait sans compétences et sans apaisement y reviendrait.

Les activités culturelles jouent un rôle crucial dans ce processus. Qui dans sa vie quotidienne peut s'imaginer sans accès à la culture ? Pourquoi une personne détenue devrait-elle en être privée ? Pourquoi ne pas lui permettre d'aller mieux, de se transformer, de découvrir des horizons inconnus ?

Nous voici donc à l'édition 2024 dont le thème était « l'étincelle », un magnifique sujet polysémique qui a donné lieu à la production de 266 textes rédigés par des personnes détenues et par des personnels pénitentiaires de métropole et d'outre-mer.

Le processus de sélection a été difficile tant les textes étaient riches, originaux, de tous styles, allant de la poésie au slam, du récit de vie à la fiction la plus débridée.

Au terme de celui-ci, 33 textes ont été présentés au jury, qui s'est réuni, pour la première fois, au Festival Le Livre sur la Place de Nancy, le 13 septembre 2024.

Les membres du jury composé de représentants de l'administration pénitentiaire, de la Protection judiciaire de la jeunesse, d'auteurs, d'anciens lauréats et de mécènes ont débattu passionnément de leurs choix. Tous étaient impressionnés par l'imagination débordante de ces écrivains en herbe, la force des images, la puissance émotionnelle de certains, leur liberté créative.

Ces textes, par la capacité d'expression de leurs auteurs, brisaient tous les préjugés que l'on peut avoir sur les personnes qui sont en prison et démontraient le besoin viscéral d'être lu, entendu, considéré.

Une femme détenue à laquelle je remettais le prix « Coup de cœur » de l'édition 2022 m'a dit : « Quand j'entre dans l'écriture, je sors de la prison. » Elle avait touché au cœur même de cette mystérieuse et extraordinaire passion qu'est l'écriture. Moi-même, il me semble que quand j'écris, je n'occupe plus le lieu et l'espace dans lesquels je suis physiquement. Je suis ailleurs, je suis plusieurs personnes, plusieurs pays, plusieurs époques. Je fais l'expérience de l'altérité. Je sors de moi-même tout en apprenant à me connaître. Je suis enfermée dans mon bureau et pourtant j'explore le monde.

Organiser chaque année ce concours, c'est continuer de croire qu'il faut offrir aux personnes en détention des moyens de se retrouver et de s'ouvrir aux autres pour reprendre un jour une place dans notre société.

Écrire pour en sortir.

Leïla Slimani
Marraine de Lire pour en Sortir

TEXTES
DE PERSONNES DÉTENUES

LAURÉATS

L'écriture, c'est à la fois une respiration,
une nécessité, un vrai bonheur.

Philippe Claudel

L'étincelle

Marius Noirac

Le soir tombait déjà lorsque j'aperçus la tache blanche fumant dans le champ. C'était l'heure à laquelle les phares s'allumaient, mais aucun d'entre eux ne balayait la route départementale qui s'endormait pour de bon.

Le crépuscule naissant donnait des airs de peinture impressionniste à la campagne environnante, recouvrant la nature de son lacet bleuté. Au loin, quelques bois et une petite ferme venaient ponctuer un horizon plat et violacé. Je devais pédaler vigoureusement pour ne pas ralentir sur l'asphalte dégradé qui s'étalait en ligne droite entre deux champs exsangues de ce début de novembre. Il était rare que je rentre si tardivement, mais l'anniversaire d'un copain d'école m'avait retenu plus longtemps que prévu dans un village voisin. C'est en branchant les phares de mon vélo BMX que je vis les traces de freinage au sol, puis un peu plus loin, une voiture blanche retournée dans le champ, tous feux allumés, telle une tortue immobilisée sur le dos.

Sans réfléchir, je lâchai mon vélo dans les herbes hautes et me précipitai vers l'habitacle de la voiture. Celle-ci avait dû frapper quelque chose à vive allure pour se retourner de la sorte, comme en témoignait sa partie avant à moitié défoncée. J'ouvris la portière côté conducteur et découvris une femme inconsciente qui devait avoir la quarantaine, même si pour l'enfant de onze ans que j'étais alors, il était difficile de deviner l'âge d'un adulte avec précision. La gravité de la situation fut malheureusement plus facile à estimer. La conductrice, dégagée de sa ceinture de sécurité, gisait en travers du plafond de l'habitacle, le visage et les habits maculés de sang. Même si je n'étais pas un spécialiste en automobile, je compris de suite que le gros ballon qui devait se gonfler lors de l'accident n'était pas sorti pour amortir l'impact. La faible lumière du plafonnier était restée allumée. Jamais l'intérieur d'une voiture ne m'avait paru aussi sépulcral. La femme était immobile, mais dès que je touchai son cou pour trouver son pouls, je la vis entrouvrir ses yeux et se tourner légèrement dans ma direction. L'odeur de sang se mêlait à celle du désodorisant pour voiture. J'eus un haut-le-cœur. Je voulais vomir, je voulais partir. Mais un sentiment un peu obscur, autre que du courage, me forçait à rester. Je pris sa main dans la mienne et sa raide froideur me fit frissonner.

— Vous m'entendez, madame ? fis-je d'une voix pâteuse. Je vais appeler les secours, ne vous en faites pas.

Je marquai une pause, puis ajoutai :

— Je m'appelle Alexis, et vous ?

Je voulus dégager ma main pour chercher mon téléphone portable, mais la femme remua alors en marmonnant et serra doucement mes doigts, si bien que je restai à ses côtés, tout en essayant de dégager mon téléphone de mon autre main.

— Anna, dit-elle dans un souffle ténu.

Nos regards se croisèrent. Je lui fis ce qui dut être le sourire le plus minable de ma courte existence et voulus la rassurer :

— Ne vous en faites pas, Anna, ça va aller.

Je réussis à sortir mon téléphone et composai le numéro de la maison. Je ne me sentais pas capable d'appeler les urgences, il fallait que je parle à quelqu'un que je connaissais. Ma mère décrocha au bout d'une éternité et, sans la laisser parler, je lui expliquai la situation le plus précisément possible, tout en retenant les sanglots qui s'accumulaient au fond de ma gorge. Je devais rester fort et calme. Pour cette inconnue et pour ne pas craquer.

Mais plus les minutes avançaient, plus un froid opiniâtre et insidieux se frayait un chemin dans l'habitacle et jusque dans mes os. Le moteur tournait toujours, les clés pendant à l'envers sur le contact de la Nissan. Je poussai le chauffage à fond puis sortis faire un tour rapide pour vérifier qu'il n'y avait pas de fuite d'essence.

J'avais vu assez de films postapocalyptiques avec mon grand cousin pour savoir quel danger pouvait constituer un réservoir de voiture en une telle circonstance. À cent mètres de là, la route était désespérément silencieuse. J'allai placer mon vélo en travers du bas-côté, bien en évidence, pour signaler l'endroit aux secours. En revenant, je trébuchai dans la pénombre sur une masse sombre pleine de poils, et je compris soudain ce qu'il s'était passé. Un jeune cervidé était étalé là, étendu sans vie dans le champ, visiblement percuté par la voiture.

Je revins auprès d'Anna. L'habitacle était toujours aussi glacial. Elle referma peu à peu sa main sur la mienne et je crus entendre souffler ce qui allait être son dernier mot : « Reste. » Ella lâcha alors mes doigts, et dans le même mouvement fluide, sa tête partit en arrière et ses yeux d'un bleu délavé s'entrouvrirent sur le néant. Figé, j'étais incapable de détourner le regard de cette femme aux boucles blondes surannées, aux pommettes hautes, et aux lèvres finement dessinées. Cette femme morte. Ma première morte.

Ce qui suivit se grava dans ma mémoire avec une précision inouïe, et même dix ans plus tard, j'en garde le souvenir dans le moindre détail. La conductrice fut secouée par un spasme (ou était-ce un long soupir ?) et quand lentement sa bouche s'ouvrit, je vis sortir du fond de sa gorge illuminée une fine lamelle de lumière. Je restai immobile, interdit, comme en suspension, mon cœur battant de plus en plus fort dans mes tympans. L'objet qui s'élevait en apesanteur dans la pénombre ambiante faisait penser à une brindille incandescente.

On aurait dit *(je sais à quoi ça ressemble !)*... Ça ressemblait *(je l'ai déjà vu !...)*... C'était comme *(dans un feu de bois !)*... une étincelle !

C'était ça, une étincelle flottait au milieu de l'habitacle renversé, et elle semblait vivante, crépitant en silence, sa luminosité variant délicatement d'une façon presque organique.

J'étais littéralement pétrifié, à la fois par la cruelle injustice de la mort de cette femme qui aurait pu être ma mère, et par la beauté de cette scène incompréhensible, ce trait iridescent en suspension dans cet espace bleu et froid comme la mort. Un espoir brillant au cœur de la nuit.

Il me fallut la lumière syncopée des gyrophares et les cris de ma mère au loin pour m'extraire de ma torpeur. Je me ressaisis soudain et, d'un geste, du bout de mes doigts engourdis, sortis de ma poche le petit tube à essai que je gardais toujours sur moi pour prélever des insectes ou des fleurs au gré de mes pérégrinations. Avec une délicatesse infinie, je récupérai l'étincelle dans ce flacon improvisé. Je craignais qu'elle s'éteigne lorsque je refermerais le bouchon, privée d'oxygène, mais contre toute attente, elle brilla de plus belle, se cognant doucement contre les parois du tube.

Ensuite tout se dilua un peu dans ma mémoire. À l'image de ma vie qui s'était ralentie sur le ruban du temps, et qui retrouvait alors sa vitesse normale, tout sembla s'accélérer au-dessus de moi : ma mère qui me serrait dans les bras comme si j'étais la victime de l'accident, les ambulanciers arrivés en même temps qu'elle, le corps d'Anna qu'on déplaçait, qu'on tentait de réanimer, la couverture thermique qui claquait au vent sur mes épaules, comme une cape dorée de superhéros… Puis ma mère qui range mon vélo dans le coffre de notre break Volvo, les gendarmes qui placent le jeune cerf à l'arrière de leur pick-up, les ambulanciers qui rentrent Anna sur la civière à l'arrière de l'ambulance. Cette impression étrange, décalée, que tout ceci n'avait été qu'une pièce de théâtre qui venait de s'achever et qu'il ne resterait plus derrière nous que quelques traces sur du bitume.

Ce soir-là, j'eus droit à un traitement de faveur. Ma mère me fit couler un bain, me prépara mon plat préféré, mon père vint me parler un bon moment, « entre hommes ». Rien de tout cela n'avait d'importance. Mon esprit était en pleine sidération. Je ne pensais qu'à une seule chose, l'étincelle. Il fallait que je la garde cachée dans l'ombre. Je ne sais pourquoi mais je le savais. Aussi tout le reste de la soirée, je m'enfermai dans un mutisme inédit, dans ma chambre, pour la regarder à la dérobée, prétextant l'envie d'être un peu seul après cette expérience éprouvante.

Au moment de me border, mes parents vinrent à mon chevet, me parler du courage dont j'avais fait preuve, me dire encore combien ils étaient fiers de moi. Ils me demandèrent si j'avais besoin de quelque chose en particulier, si je voulais garder la lumière allumée, la porte de ma chambre entrouverte, ou exceptionnellement, m'endormir avec notre chienne Cannelle. Je répondis à tout par la négative et les rassurai, autant que le pouvait un petit garçon de mon âge, pressé que j'étais de me retrouver enfin seul.

Dans le secret de ma chambre, une fois la porte refermée, et les pas éloignés, je sortis le tube de sous mon oreiller, et sous les draps, j'observai le petit trait lumineux flottant derrière sa fine paroi de verre.

J'aurais pu me mentir et me persuader que je l'avais conservée comme on conserve un objet ou un souvenir, fût-ce celui d'un instant douloureux. Mais c'était plus que ça. Je n'avais pas rêvé, je savais que cette étincelle était apparue au moment même de la mort d'Anna. Je voulais juste comprendre. Je tournais la pipette entre mes doigts, à la fois perplexe et fasciné par la vie apparente de cette fine barrette rougeoyante, lorsqu'un bruit attira mon attention. Je tirai brusquement sur mes draps et scrutai du regard ma chambre plongée dans la semi-obscurité d'une nuit de demi-lune.

Les doubles battants de la fenêtre étaient entrouverts et les voilages blancs ondulaient avec légèreté durant cette ouverture sur le noir de la nuit.

Le bruit, à nouveau, me fit sursauter. Au pied de mon lit, un mouvement attira mon regard lorsqu'un rayon de lune fit sortir de l'ombre le visage d'un homme de grande taille, aux traits impassibles et à l'allure austère.

J'aurais dû être terrifié et pourtant, j'étais calme. Il émanait de cette silhouette une sorte de force tranquille qui rendait la situation curieusement sereine.

L'homme avança d'un pas et prit la parole d'une voix douce mais ferme.

– Bonsoir, Alexis. Je m'appelle Franck. Je pense que tu sais pourquoi je suis là.

J'opinai lentement du chef. Je devais avoir l'air très impressionné car l'homme me regarda en souriant et ajouta :

— Tu as pris quelque chose qui ne t'appartient pas.

Je sortis le tube en verre de sous mes draps, l'étincelle y brillait de tout son éclat. L'homme tendit le bras et je lui remis l'objet sans opposer de résistance.

— Merci, dit-il en agrandissant son sourire. Anna mérite de trouver le repos.

Il se tourna vers la fenêtre puis émit un étrange sifflement entre ses dents. Il leva ensuite l'index et le majeur de sa main gauche dans un geste digne d'une bénédiction papale.

Il y eut un moment suspendu qui dura quelques secondes puis, soudain, un petit volatile fit irruption dans la chambre et virevolta autour de nous avant d'aller se poser sur les deux doigts de Franck.

Je plissai les yeux et dans l'obscurité je reconnus un minuscule moineau qui tortillait de la tête. L'homme approcha l'oiseau de son visage et sembla lui susurrer quelque chose. Puis, il fit sauter le bouchon de l'éprouvette, et laissa l'étincelle s'élever dans l'air devant le moineau qui, d'un coup de bec, la goba aussi sec.

Je restai stupéfait, fixant des yeux le passereau dont le gosier s'illumina tout à coup d'une lueur rougeâtre, transformant littéralement le moineau en… rouge-gorge ! Il se mit alors à chanter, d'un chant si triste et si cristallin que j'en eus des frissons. Puis, sans crier gare, l'oiseau disparut en un coup de vent, comme happé par les voilages.

— Tu as un don, Alexis. Tu vois des choses que les autres ne verront jamais. Mais cette tâche qui est la tienne n'a pas encore commencé. Un jour, tu seras comme moi, un passeur de lumières : tu seras là toi aussi, pour guider ceux qui quittent trop brutalement notre monde. D'ici là, prends soin de toi et des tiens. La vie est aussi belle que fragile. Comme une étincelle.

Sur ces mots puissants, Franck enjamba ma fenêtre et s'évanouit dans la nuit. Je ne devais plus jamais le revoir. Cette soirée et la nuit qui suivirent devaient rester gravées à jamais dans mon esprit. Pourtant, il me fallut bien des années avant de revoir une étincelle et commencer enfin mon activité de Passeur.

Je sais qu'inconsciemment, cette première expérience orienta mon choix d'études, et c'est ainsi que je me suis formé aux premiers secours et, de façon plus large, au métier d'urgentiste. Me voilà donc aujourd'hui interne dans le plus grand centre hospitalier de la région où, dans les couloirs des urgences, du haut de mes vingt et un ans, je fais des étincelles. Littéralement.

Les collègues me chambrent sur ma passion pour les oiseaux, pourtant ils apprécient leur ballet incessant sous nos fenêtres, là où j'ai installé un nichoir et un distributeur de graines. Mais personne ne sait pour la clé que je porte autour du cou, ni pour la petite mallette qu'elle ouvre, rangée sagement sous l'évier de la salle de pause.

Je vous rassure, je ne me rends plus coupable de rétention d'âmes. Chaque étincelle a droit à son aller simple à tire-d'aile pour l'Au-Delà.

Entre deux réanimations couronnées de succès, je capte l'étincelle de ceux que nous n'arrivons pas à sauver. Chacune d'elles produit un chant unique dans le gosier de leur véhicule céleste et chaque mélodie est une ode qui m'apprend tout sur l'âme qui disparaît.

Mon seul et unique regret, à ce jour, est cette première étincelle qui demeurera à jamais une énigme pour moi. Et chaque jour, emporté par le maelström des câbles et des machines à assistance respiratoire, quand je prodigue les gestes qui sauvent, tout me rappelle cette inconnue dont je n'ai pu ni préserver le corps, ni guider l'âme, et dont le chant funèbre fut comme une mélopée d'une mélancolie déchirante.

Où es-tu partie, Anna ? Vers quels rivages ?

Ton étincelle a allumé un feu en moi, qu'aucun chant de moineau ne pourra jamais éteindre.

Il est presque midi, je vais reprendre mon service. Dans une demi-heure, un jeune motard accidenté sera admis aux urgences et nous ferons tout pour le sauver, en vain. Entre mes mains, son étincelle brillera de mille feux, puis disparaîtra, comme un jour disparaîtra je le sais le souvenir d'Anna qui brûle encore en moi.

GRAND PRIX

La petite étincelle 2.0

Florian C.

Bonjour [indiquer ici le prénom de la destinataire]

J'ai apprécié notre discussion à bâtons rompus hier soir dans ce bar. Je t'ai trouvée très sympa mais je n'ai pas ressenti la petite étincelle qui me laisserait envisager la possibilité d'une relation amoureuse entre nous. Je te souhaite le succès dans la poursuite de ta recherche de l'âme sœur sur ce site de rencontres.

Bien à toi

Florian

Voici le message type que j'ai malheureusement un peu trop l'habitude d'envoyer pour annoncer, avec les ménagements d'usage, que je ne donnerai pas suite à un premier rendez-vous suscité par des échanges virtuels préalables. Personnellement, je préfère le terme de « petite étincelle » à celui de « déclic » ou « coup de cœur ». Je trouve cette première métaphore plus empreinte de délicatesse. En effet, rien n'est plus fragile qu'une petite étincelle, à la merci du moindre vent contraire qui, en fonction du déroulement de cette première entrevue, peut être une mauvaise haleine, un langage corporel trop brusque, le suicide inexpliqué du précédent conjoint et d'autres coups du sort que j'ai déjà expérimentés mais qu'il serait trop fastidieux d'énumérer d'ici.

Malgré mon désir sincère de ne pas heurter la personne éconduite, je sais bien que ce genre de message n'est jamais agréable à lire car j'en ai moi-même reçu de nombreux de la part de femmes que j'espérais revoir. Mais la cruauté de l'univers des sites de rencontres vous accable dès le départ, c'est-à-dire lors de la création de votre fiche descriptive. Il faut ainsi savoir accepter la sécheresse des chiffres (homme de 45 ans divorcé avec enfants, 183 cm, 65 kg vivant dans le 92 recherche femme de 40 à 50 ans mesurant au moins 165 cm et pesant entre 50 et 80 kg dans un rayon de 50 km). Sans tomber dans le boniment du camelot, il faut aussi admettre de se « vendre » dans un texte d'annonce où il est difficile d'être original tant notre lot commun de quadragénaires de la classe moyenne semble uniforme. En effet, hommes comme femmes, nous sommes financièrement autonomes, aimons voyager, cocooner devant une série en streaming, les soirées entre amis, les week-ends en amoureux et autres loisirs mainstream. Bien qu'ayant basculé dans la deuxième partie de notre vie, nous restons des battants même si nous avons connu des déboires amoureux et restons convaincus que le meilleur reste à venir.

La cruauté inhérente à la démarche est aussi aggravée par le machiavélisme de l'algorithme qui vous présente les profils qu'il juge les plus compatibles avec le vôtre. Néanmoins, ne vous leurrez pas, le modèle économique des sites de rencontres vise à vous faire payer l'abonnement le plus cher possible le plus longtemps possible, donc à vous empêcher de trouver votre âme sœur par des procédés déloyaux, notamment en dopant artificiellement les visites de votre profil pour que vous vous surévaluiez sur le marché ou en vous faisant croire à des arrivages permanents et pléthoriques de nouveaux abonnés.

Enfin, cerise sur la pièce montée d'une liaison amoureuse de plus en plus hypothétique, l'avidité de certains membres, réprimée mollement par le site – parce que ça coûte cher tous ces contrôles –, alimente une méfiance généralisée face aux tonnes de messages impersonnels plus ou moins subtils, du genre : « J'ai flashé sur ton profil ! Je cherche une relation sérieuse car je crois toujours en l'amour. Appelle-moi au 06… »

Mais l'espoir reste la dernière calamité sortie de la boîte de Pandore, celle qui permet de supporter toutes les autres. Et c'est animé de cette espérance aussi inébranlable qu'irraisonnée que mon attention fut, un soir d'hiver, attirée par une photo de luciole illustrant la fiche portant le pseudonyme éponyme. Contrairement à moi qui m'étais appliqué à remplir toutes les rubriques de ma fiche, peu d'informations avaient été renseignées. Je savais seulement que cette femme avait 43 ans, mesurait 171 cm, qu'elle était métisse, divorcée avec enfants, habitait Paris et qu'elle pratiquait le paddle.

Il est assez fréquent qu'une femme n'affiche pas sa photo sur son profil. La recherche de liaison extraconjugale peut l'expliquer mais, dans ce cas, l'annonce est laissée vierge (pour celles qui ne l'assument pas) ou bien le texte le fait apparaître clairement (pour celles qui l'assument). Tel n'était pas le cas de Luciole. Si, contrairement à moi, elle n'avait pas souhaité publier des photos d'elle, c'est peut-être qu'elle faisait partie de ces femmes trop belles ou trop laides ne souhaitant pas être harcelées sur leur physique et/ou qu'elle exerçait une profession l'amenant à être connue de plusieurs centaines de personnes comme c'est, par exemple, le cas des enseignantes. Mais je pressentais que sa silhouette devait être désirable car j'avais un peu pratiqué le paddle il y a quelques années. Les courbatures généralisées qui en avaient découlé m'avaient démontré que c'était une activité physique tout en gainage qui vous sculpte un corps ferme. Or, après 40 ans, qu'on soit homme ou femme, n'est-ce pas là le principal, tant nos tissus mous sont irrémédiablement attirés vers le bas ?

Dans son contenu, l'annonce de Luciole ne différait guère de celles rédigées par les quadragénaires dans les villes de grande solitude. Néanmoins, elle s'en écartait un peu par deux phrases. Dans la première, elle mentionnait qu'elle n'était pas bégueule, ce qui m'apparut une saine précaution quand on habite la Ville Lumière. Elle le prouvait d'ailleurs en évoquant le fait qu'elle aimait les radis qui piquent et les jeux de mots pourris. Dans la seconde phrase, elle concluait ainsi son texte : « À mon âge, je ne crois plus à l'amour au premier regard mais, peu importe, une petite étincelle peut allumer un aussi grand feu qu'un coup de foudre. »

Était-il donc possible qu'une femme aimât à la fois le kitsch et les jeux de mots pourris ? Il n'en fallait pas plus pour attiser la flamme de ma curiosité et je me permis d'envoyer le message suivant :

Bonsoir, Luciole

Je suis un garçon sensible et je n'aime pas les radis qui piquent. Je trouve d'ailleurs que ces légumes manquent d'esprit de solidarité à la différence des cucurbitacées. En effet, je n'hésite pas à le clamer haut et fort : « Là où j'irai, mes potirons ! »

À bientôt, j'espère.

Florian

PS : Pourquoi avoir choisi Luciole comme pseudo ? C'est en rapport avec la petite étincelle ?

Dix minutes plus tard, je reçus ce message de Luciole :

Bonsoir, Florian

J'ai rarement vu un jeu de mots aussi pourri. Vous avez de la chance que je maîtrise le 83e degré. Je vous félicite !

Mon vrai prénom, Lucille, dérive du latin « lux » (« lumière ») qui a aussi servi à construire le nom commun « luciole ». Ces insectes utilisent une partie de leur énergie métabolique pour alimenter un processus d'électroluminescence afin d'éclairer leurs contemporains. C'est aussi ce que je m'efforce de faire quand je dispense mes cours de sanskrit à mes étudiants.

Sans doute émoustillé par le fait qu'elle m'ait répondu rapidement et que son message ne comporte aucune faute de syntaxe ou d'orthographe, je m'autorisai à mettre un peu de piquant dans ma réponse :

Mes notions d'entomologie sont lacunaires mais, très prosaïquement et d'un point de vue strictement zoologique, il me semble bien que l'électroluminescence des lucioles leur sert à faciliter le repérage de partenaires potentiels en vue de l'accouplement.

Lucille me répondit du tac au tac :

Que croyez-vous que nous sommes en train de faire ?

Je ne pus me retenir de sourire devant mon écran. Son répondant m'avait soufflé mais puisque c'était moi qui avais commencé, il fallait que j'assume. J'écrivis donc sans prendre le temps de la réflexion :

Le problème, c'est que, en ce moment, la distance qui sépare Nanterre de Paris m'empêche de distinguer votre halo lumineux. Consentiriez-vous à me dispenser une séance de luminothérapie dans un estaminet de votre choix dans la capitale en échange de la prise en charge des boissons par mes soins ?

Elle me répondit avec un grand sens pratique :

Sur la place de l'Étoile, il y a un pub qui s'appelle « Le Churchill ». *Demain, c'est samedi et je n'ai pas la garde de mes enfants ce week-end, rendez-vous à 16 h 30 dans la véranda de l'établissement. Je porterai un manteau orange et je propose qu'on se tutoie quand on se rencontrera.*

Le fait que Lucille ait une conscience aiguë des modalités pratiques des rendez-vous signifiait que, tout comme moi, elle était une habituée des sites de rencontres. Mais j'avais beau maudire Pandore, mon stupide espoir carburait à plein régime.

Je suis un homme ponctuel et j'étais motivé. Le lendemain, j'entrai donc dans la véranda du « Churchill » avec un quart d'heure d'avance. Toutes les tables basses disposées dans un esprit lounge étaient occupées. Avant que je n'aie eu le temps de balayer des yeux l'assistance, une femme avec un manteau orange posé ostensiblement sur le fauteuil-club en face d'elle me fit un signe de la main. Alors que j'approchais, elle se leva pour me faire la bise. Objectivement, elle n'avait pas un beau visage, sa peau était grêlée de cicatrices, probablement d'acné. Elle avait le menton en galoche et des petits yeux en fente profondément enfoncés dans leurs orbites. Mais son regard marron pétillait d'intelligence et sa peau avait une couleur cuivrée que je n'avais jamais vue auparavant. Elle portait des cheveux courts teints en roux.

Elle avait choisi une tenue relativement moulante mettant en valeur une silhouette sportive qui me fit immédiatement pardonner aux Polynésiens d'Hawaï le sort qu'ils ont réservé au capitaine James Cook car, au préalable, ces autochtones avaient eu le génie d'inventer le paddle. Après nous être fait la bise, nous nous assîmes et je tentai de dédramatiser notre première rencontre en déclarant :

— Avant de commencer à discuter, comme c'est un premier rendez-vous sans pression, je propose qu'on ne se dise pas à la fin si on a envie de se revoir. La nuit porte conseil, attendons demain pour communiquer par la messagerie du site.

— Ça me va, répondit-elle avec un sourire, tu as l'air d'être très prévoyant et rationnel.

— C'est tout à fait vrai. On y perd en romantisme ce qu'on y gagne en fiabilité. Mais c'est sûr que toutes ces histoires de petite étincelle, je n'y crois pas trop. C'est cliché, non ? Et puis, pourquoi « petite », d'ailleurs ?

— Tu as raison, ce n'est pas la taille qui compte, me dit-elle avec un regard pénétrant qui me fit rougir un peu. L'important c'est que cette étincelle s'allume chez les deux personnes qui font connaissance.

La conversation se poursuivit ensuite de manière très détendue avec des points de vue décalés de part et d'autre. J'appris qu'elle venait de La Réunion, ce qui nous fit parler insularité, puis, sans transition, zapper sur des sujets relatifs à l'histoire, la politique, l'anthropomorphisme, l'entomologie, etc. Nous débattîmes avec passion pour déterminer si le fait que nos périodes de garde alternée fussent synchronisées les semaines paires avec nos enfants respectifs était un signe du destin ou une banale coïncidence. Nous conclûmes que la suspicion de signe du destin commence lorsque la probabilité est inférieure à quarante-deux pour cent car elle avait lu *H2G2. Le Guide du voyageur galactique*, ce qui était réservé, d'après nous, à une certaine élite. Nous nous demandâmes également si son alcool préféré, le rhum, attaquait d'abord le foie ou le cerveau. Nous conclûmes que c'était le cerveau et que je ne devrais donc pas en abuser car le cerveau était mon deuxième organe préféré.

Le temps s'était écoulé à toute allure. Il n'allait pas tarder à être 18 heures et Lucille était attendue chez des amis. Nous quittâmes le pub en marchant, côte à côte, dans la même direction ; elle pour prendre le métro et moi le RER. La nuit de ce mois de janvier était déjà tombée sur Paris.

Arrivés à une centaine de mètres de l'Arc de Triomphe, la flamme du Soldat inconnu fut ravivée par une petite délégation en uniforme. De la distance où nous étions, on ne distinguait qu'une flammèche sous l'arche.

— Tiens, vu d'ici, on dirait une petite étincelle, dit Lucille.

— Euh, ce n'est pas dans mes habitudes mais j'aimerais bien te revoir, bredouillai-je, en contradiction totale avec ma déclaration du début de notre entrevue.

Elle tourna son visage vers le mien. Son sourire étincela car l'étincelle était là.

PRIX COUP DE CŒUR

L'étincelle

Lolita C.

L'étincelle, je l'ai découverte dans ses yeux
Tellement de fois et de mille façons
Amour, Haine, Colère, Passion
Laissez-moi vous conter cette histoire d'obsession
Elle m'appartient mais ne me jugez pas trop vite
Je n'ai pas pu, je n'ai pas su
Je n'avais pas la force de m'enfuir

Au début, l'étincelle était amour et passion
J'étais le +, il était le –
Tout s'éclairait, tout s'embrasait
Mon souffle était court, mon cœur explosait
Tout semblait irréel

Je me sentais aimée, désirée
Plus précieuse que l'or, il me le déclarait

Le monde disparaissait
J'oubliais tout, c'était ce qu'il désirait
Me voler mon temps, ma vie, ma personne
Je ne l'avais pas décelé
Il était déjà trop tard pour reculer
J'étais prisonnière
Ses griffes s'étaient refermées
Ma liberté envolée

L'étincelle transformait, elle était colère
Les coups pleuvaient
Les bleus apparaissaient toujours cachés
Partir était impossible car trop forte était l'emprise
Indispensable de ma vie, je le croyais
Il me retenait, m'étouffait, me soumettait
Pourquoi cette souffrance ?
Pourquoi cette humiliation ?
Mes cris sous silences
Je l'aimais, je lui avais tout donné
Jusqu'à même m'oublier

L'étincelle de l'amour me retenait
Voilà ce qu'il s'était passé

L'étincelle

Elle avait été ma merveille
Son éclat m'avait aveuglée
Son incandescence m'avait réchauffée
Elle était là même infime, je la voyais

Seulement, tout n'était que haine
Doucement, il me détruisait, m'humiliait, m'isolait
Plus que lui il n'y avait
C'était ce que je croyais
Il me le faisait penser

Les coups jamais n'ont cessé
Puis celui de trop est arrivé
Je m'écroulai pour ne plus jamais me relever
L'étincelle à laquelle je m'étais accrochée
A fini par me tuer
J'ai espéré, désespéré pour elle
Elle m'a fait disparaître

J'ai laissé mes proches éplorés
Je ne reviendrai jamais
J'étais trop jeune pour m'envoler
Trop aimée pour les quitter
Il est trop tard pour les regrets
Je ne me relèverai jamais

Mon corps est bien trop froid, enterré
L'étincelle s'est éteinte en même temps
  que mes yeux
Tout est devenu ténèbres
Je serai seule à tout jamais
Car revenir m'est maintenant impossible.

PRIX SPÉCIAL

Étincelle éternelle

Romain V.

D'une étincelle et d'un bruit,
On a éteint celle de ma vie.
Dans mes souvenirs, elle me hante,
Sa joie de vivre était si débordante.

D'une étincelle et d'un bruit,
Je la pleure, je la crie.
Dans une nuit étincelante,
Ils ont fait mourir mon étoile filante.

D'une étincelle et d'un bruit,
Je la revois comme si elle n'était jamais partie.
Dans les rues et les allées,
Impossible de l'oublier.

Désormais je sais, que son étincelle, c'est
moi qui l'ai.
Désormais je sais, que son étincelle est
mienne.
Comme un feu je l'entretiens,
Elle me rassure comme un câlin.

Et même si demain je ne suis plus là,
Notre fille continuera,
Cette étincelle perdurera.

PRIX JEUNE AUTEUR

TEXTES DE MEMBRES DU PERSONNEL PÉNITENTIAIRE

LAURÉATS

Écrire c'est inventer ce qu'on sait déjà.

Françoise Sagan

L'étincelle

François M.

« De l'étincelle, jaillira le feu, source de chaleur et de lumière qui chauffera et éclairera ton foyer. »

Telle est la phrase énigmatique écrite par mon père sur la carte d'anniversaire de mes dix-huit ans. Mais n'anticipons pas le terme de mon récit.

Je suis né en mai 1961 de père inconnu, comme le veut la formule officielle. Ma mère était encore mineure. Je fus le premier d'une flopée de demi-frères et de demi-sœurs conçus entre deux portes ou plutôt entre deux lits. Certains avaient gardé des liens avec leur géniteur et quittaient le domicile familial un week-end sur deux et une partie des vacances scolaires.

Ma relation avec mon père se limitait à une carte d'anniversaire mentionnant juste une maxime ou une phrase. Interrogée sur sa personne, ma mère restait secrète et refusait de me donner la moindre information. De plus, ce Monsieur ne m'ayant pas reconnu, il m'était impossible d'obtenir son identité.

Délaissé par une jeune mère, le quartier se chargeait de mon éducation. J'allais à l'école contraint et forcé, attendant l'âge de seize ans pour sortir du buisson qui me libérait des obligations scolaires. « Élevé en plein air », cette formule qui garantit la qualité de certains produits soulignait mon absence d'éducation et de références. J'étais soumis au royaume de la débrouille et des petits trafics. Votre réputation dans la cité forgeait votre identité. Dans l'échelle des « valeurs » qui va du caïd au bouc émissaire, vous deviez trouver votre place et une fois établie, il fallait lutter pour la conserver.

Heureusement, malgré la vie amoureuse complexe de ma mère, l'appartement familial me donnait un semblant de stabilité. Le soir à l'issue d'une journée de vagabondage, je retrouvais un lit et un couvert.

Dans mes errances, je fis la connaissance de Beber, un des petits chefs du quartier. Spécialisé dans la fourniture de pièces de voiture en tout genre. Il avait pour clients les garages et les particuliers. Trouvant ses commandes sur les parkings de la ville, il garantissait la livraison pour le lendemain, le temps d'aller démonter la nuit à la lumière de sa lampe de poche la pièce convoitée. Il m'employa en qualité de livreur. Je chargeais le colis sur le porte-bagage de mon vélo et me rendais à l'adresse désignée. Je ne gagnais pas grand-chose et dans ce contexte illégal les pourboires étaient inexistants. Le succès de Beber entraîna sa perte. Le coup de filet des policiers attrapa les gros et les petits poissons ; je faisais partie de la friture, mais on ne me rejeta pas à la mer. Ce fut mon premier contact avec les flics. J'adoptai une attitude qui me deviendra par la suite familière : « Jouer l'innocent en ignorant l'existence d'un quelconque méfait ». Après mon audition, je fus orienté vers le juge pour enfants. Ma mère fut convoquée. On mit en exergue mes carences éducatives. Le magistrat désigna un éducateur et fixa une nouvelle date à l'échéance de la mesure prononcée.

J'avais alors dix-sept ans et perdu la source de mes revenus. L'éducateur semblait être un « brave homme ». Il portait constamment une chemise de bûcheron qui se terminait en « lever de rideau » sur une bedaine proéminente. Il fumait des boyards maïs. On l'apercevait derrière d'épais nuages de fumée et la nicotine recouvrait l'ensemble de ses dossiers. Malgré son air nonchalant, il avait étudié les dossiers dans les moindres détails. Il comprit, malgré mon jeune âge, ma volonté d'indépendance. Un vœu qui pouvait être initié par une orientation vers un apprentissage. Il mentionna tous les métiers de bouche, un domaine qu'il connaissait sur le bout de sa fourchette. Devant son discours imposant, son choix fut le mien et quelques jours plus tard, je signai un contrat dans un restaurant de la place où il avait sa table attitrée.

Le chef avait gagné son titre à force de travail et d'abnégation. Il ne supportait pas une quelconque critique ou désobéissance. Dans son univers, de cuivre, d'inox et d'aluminium, il était le maître.

Le chef avait une certaine idée de la cuisine. Pour lui le chemin vers les trois étoiles commençait par l'épluchage d'une tonne d'oignons. Je pleurai sur mon sort sans pouvoir sécher mes larmes. Une semaine plus tard, ma compétence s'étendait aux pommes de terre et aux carottes. Le chef passait me voir plusieurs fois par jour et un rictus apparaissait au coin de ses lèvres. La troisième semaine, je quittai mes chers légumes pour être affecté à la plonge. Par fierté, je redoublais d'ardeur à chaque passage de celui qui voulait être mon maître.

À la fin de la troisième semaine, je n'avais rien appris. Je voyais dans le comportement de mon tuteur la volonté de faire de moi un être qu'il pouvait modeler selon sa conception du parfait commis de cuisine. La visite de mon éducateur précipita mon abandon. Les deux hommes échangèrent en catimini sur mon attitude pour conclure par cette phrase qui reste en ma mémoire : « On ne sent pas en toi l'étincelle qui fera de toi un vrai cuisinier. » Je me suis toujours demandé si mon éducateur n'était pas en fait un rabatteur de petites mains lui permettant de se gaver à moindres frais.

Écœuré par ce manège à valeur éducative, je jetai mon tablier non sans avoir au préalable exprimé toute ma rancœur. Cette attitude aggrava mon cas et l'éduc ne manqua pas de régler ses comptes de la pointe de sa plume.

Le juge pour enfants me plaça ensuite dans un foyer à la lecture de ce rapport. J'étais classé comme « futur délinquant » et l'éloignement du foyer familial devait m'écarter de ce lieu toxique qui m'avait perverti. La décision du magistrat m'isola de mon refuge. Je perdais mon unique repère. J'avais raté mon apprentissage, mais j'étais admis à l'école de la délinquance. Le foyer accueillait une vingtaine de jeunes entre douze et dix-huit ans. Ils avaient été délaissés par leurs parents ou avaient commis quelques délits. Je devais une nouvelle fois montrer qui j'étais ou plutôt ce que je voulais paraître ; un homme de dix-sept ans qui savait jouer des coudes et des poings. Je m'intégrai rapidement dans le groupe de ceux que l'homme de la rue classe parmi les « graines de voyou ». Notre bande fuguait régulièrement pour commettre de petits vols, de quoi payer nos cigarettes et des bouteilles d'alcool. L'appel de la nation m'épargna d'éventuelles poursuites.

Dès les premiers jours, je fus la cible d'un petit sergent, fier de ses galons. Il avait le muscle sec et son alcoolémie n'avait pas encore marqué son visage. Bien que simple sous-officier, il paradait sur la place d'armes le torse bombé et le treillis impeccablement repassé avec les trois plis réglementaires marquant ses omoplates. Le petit sergent fouinait dans nos rangs pour chercher la moindre faille.

J'étais particulièrement sensible à ses remarques idiotes et j'avais décidé de contrer ses ordres. Dès le premier jour, je devins sa « bête noire ». Il n'hésita pas à me mettre aux arrêts, s'arrangeant pour être au poste de garde le jour où je devais être enfermé.

Assurant ma surveillance, son plus grand plaisir était de vider l'assiette sur mon plateau-repas et d'écraser sur le tout un yaourt et un fruit. Il justifiait cette humiliation en précisant que le règlement ne formulait en rien l'usage d'une assiette pour les internés. Je me contentais de deux tranches de pain que je mâchais ostensiblement devant lui. Je le remerciais pour ce service, sachant que ce nouveau défi donnerait lieu à une prochaine provocation. Au terme de mes deux mois de classes, le chef de corps me renvoyait dans mes foyers. Expression qui ne correspondait en rien à mon avenir proche. Il inventa des arguments pour justifier sa décision. Les vexations générées par notre petit sergent avaient pris un tour incontrôlable et il craignait une réaction violente à cet avilissement. Je quittai l'armée sans me retourner et sans brailler sur la quille, cri de victoire qui symbolisait l'ultime but de mes compagnons.

La rue serait mon nouveau domaine. J'intégrais définitivement l'armée des marginaux, ces troupes que la société ne pouvait incorporer.

La rue répond *in fine* à des règles strictes. Vous souhaitez faire la manche et vous vous installez devant une église ou à l'entrée d'un supermarché. Un homme vous demande de partir en vous menaçant des pires maux. Vous êtes constamment en quête d'un lit ou d'une douche. Le respect des mesures d'hygiène marque une ligne que vous ne devez jamais franchir au risque d'être repoussé dans la foule des pouilleux. Malgré mon manque d'expérience, j'ai intégré rapidement les règles de ma survie. Je visitais régulièrement les vestiaires des associations caritatives et j'étais le meilleur client des bains-douches, prêt à sacrifier un repas pour conserver ma dignité.

Quémander blessait mon amour-propre et je repris le chemin des petits trafics et des marchés parallèles. Toujours à l'affût des meilleures combines, j'étais capable de rester des heures à une terrasse devant une tasse de café. J'accordais mes services au plus offrant tout en écartant les plans les plus scabreux. Ma perspicacité avait ses limites et je fêtai mes vingt ans en prison pour de multiples combines. La détention m'écarta momentanément d'une alcoolisation qui devenait chronique et qui alimentait mes soirées et mes nuits. La fréquentation intensive de la salle de sport eut raison de la médiocrité de ma masse musculaire. Mon corps de lutteur m'offrit une certaine quiétude et le respect de mes congénères. Un beau jour de mai, je retrouvai la liberté sans aucune évolution positive de ma situation.

Fort de ma nouvelle musculature, je changeais de statut. Ma seule présence calmait les envies d'agression et de combinard je devins homme de main. Je ne suis pas fier de cette période où j'étais le protecteur de petits chefs de banlieue. Ma présence n'était en rien due au hasard. Il fallait en imposer dans un climat malsain où la force mettait fin à toute tentative d'explication. J'accompagnais mes employeurs dans leurs sorties, j'étais leurs muscles et je regrettais parfois de ne pas être leur cerveau. Je dépensais sans compter et dans ce monde restreint tout était monnayable : les relations, l'amour, le sexe…

J'étais connu des forces de police et de temps en temps je perdais un de mes employeurs qui partait faire une cure dans un établissement pénitentiaire. Je négociais la paix des braves auprès de quelques inspecteurs en distillant des informations qu'ils avaient déjà apprises par d'autres délateurs.

Les jours succédaient aux jours, sans la moindre étincelle pour éclairer mon avenir.

Tout bascula en mai 1988, je sortais de boîte de nuit raccompagnant le chef d'un réseau de dealers. La nuit était lumineuse, éclairée par une pleine lune sans nuages, l'esprit de mon client était quant à lui envahi par les brumes. L'alcool avait coulé à flots tout au long de la soirée et nous avions laissé sur la table des restes de poudre blanche. Mon employeur voulut prendre le volant malgré mes réticences. Il accéléra dès la sortie du parking, fier de la puissance de sa grosse cylindrée, pour épater la jeune blonde assise à ses côtés. Inconscient du danger, il avait depuis longtemps oublié le Code de la route et le respect des règles de conduite. Aveugle aux panneaux, il était seul au monde sur une route heureusement déserte. Je ne sus jamais les circonstances de l'accident. Je me suis réveillé dans un lit d'hôpital. J'étais l'unique survivant. Mon bassin était fracturé à plusieurs endroits et je souffrais de multiples contusions.

Deux jours après l'accident, le chirurgien vint à mon chevet. À son regard, je devinai le sort qui m'était réservé. Je devais oublier la marche et considérer le fauteuil roulant comme l'espoir d'un rêve lointain. Mon corps de bodybuilder était voué à disparaître comme une poupée gonflable crevée. J'avais signé avec l'hôpital un contrat de bail au long terme avec pension complète. Il acheva son discours par cette simple phrase : « On ne peut pas faire grand-chose après cette opération. Il faut laisser le temps faire son œuvre. »

Moi le dur, qui avais franchi toutes les épreuves, qui avais considéré la vie comme un combat et qui étais devenu un lutteur sans états d'âme, j'étais cloué sur un lit, dépendant de la bonne volonté et du professionnalisme d'un personnel qui devrait supporter ma rage et mes frustrations. J'étais incapable de mettre fin à mes jours, seule échappatoire de l'individu condamné à mort qui veut rester jusqu'au bout maître de sa fin. Ma frustration fit de moi le patient à éviter. Mon unique pouvoir était de m'exprimer par des coups de gueule, le plus souvent injustifiés. Certains personnels m'évitaient, d'autres répondaient à mes sautes d'humeur sur le même ton, enfin la troisième catégorie m'ignorait, accomplissant leurs gestes de façon machinale. Ma plus grande souffrance était de subir les soins d'hygiène par des soignantes de mon âge qui me traitaient avec indifférence, moi qui séduisais autrefois mes conquêtes d'un simple regard. J'avais la télévision en horreur et passais mes journées à fixer un mur désespérément blanc.

Je constatais au fil du temps la présence d'un nombre restreint de personnels qui devaient supporter ma conduite. Parmi eux, une jeune femme très discrète venait régulièrement à mon chevet pour diverses tâches. Elle ne disait rien et semblait me soigner de façon mécanique. Intrigué par son comportement, je lui demandai pourquoi elle s'était portée volontaire pour m'aider à me maintenir en vie. Avant de quitter la pièce, elle se retourna, me regarda fixement et me dit :

— Vous devriez lire.

Lire, dans quel but ? Pour tuer un temps qui esquivait sans cesse mes pièges ? Pour oublier mon sort et me réveiller face à ce monde cruel ? Une lecture, souvenir d'école où j'ânonnais des mots sans saisir leur sens.

Deux jours plus tard, elle déposa sans un mot un livre, *Boule de Suif* de Maupassant. Malgré la minceur de ce livre, je mis plus d'une semaine à le terminer. Je cherchais vainement à comprendre cette décision. Pourquoi cette inconnue avait choisi ce titre ? Elle ne répondit pas à mes interrogations, voulant visiblement me pousser dans mes derniers retranchements. Le temps s'écoulait et je cherchais sans cesse la raison de ce choix.

Après deux semaines de cogitations qui avaient occupé partiellement mes journées, elle se décida enfin à parler :

— Boule de Suif est un être que la morale du 19e siècle qualifie de « femme de mauvaise vie ». Dans ce récit, les voyageurs bien-pensants l'obligent à commettre ce qu'ils considèrent comme un péché, un acte que la morale réprouve. Par solidarité, elle acceptera de se donner à l'officier allemand pour permettre le départ de la diligence. Ses compagnons de route ne lui expriment aucune reconnaissance. Elle reste avant tout une prostituée prisonnière de son identité. Boule de Suif est contrainte de jouer son rôle de mauvaise fille. Et vous, votre statut doit-il nécessairement passer par la stature du caïd que vous étiez ?

Elle se tut un instant pour me déclarer au seuil de la porte :

— Pour vos anciens patrons, vous étiez et vous resterez un « homme de main » et un tas de muscles, mais qui êtes-vous réellement ?

Je restais sur mon lit K.-O. allongé, comme frappé par un uppercut. Cette petite femme de cinq pieds de haut voulait m'apprendre la vie. Avait-elle le droit de me juger ?

Elle avait ouvert une brèche vers un monde inconnu sur lequel je devais construire mon avenir. Terrassé au fond de mon lit, le mouvement de ma pensée compensait mon immobilité. Mais les jours passant, la première vague de mes réflexions fit onduler mon corps. Regardant ma dernière radio, le spécialiste m'autorisa à m'asseoir dans un fauteuil roulant. Je retrouvais enfin un peu d'autonomie, pouvais arpenter les couloirs et me rendre à la cafétéria. Je ne trouve pas les mots pour décrire mon premier café longo. Je restais plus de trois heures devant ma tasse vide, observant les passants, et le regard des autres devant mon fauteuil roulant me laissait complètement indifférent. Tout à ma joie du mouvement, j'étais plongé dans un nouveau monde.

Mes promenades quotidiennes me permettaient d'initier une vie sociale en visitant les autres malades. Certes, les sujets de discussion tournaient le plus souvent autour de notre santé et nous évitions d'évoquer notre vie passée, mais peu importait le sujet, nous étions isolés dans nos plaies et nos échanges nourrissaient notre vie.

Retrouvant une certaine joie de vivre, je pris le parti d'être plus aimable avec les personnels, mais ma réputation était déjà faite. Seule ma « donneuse de leçons » venait régulièrement me faire mes soins quotidiens. Elle restait muette, attendant visiblement ma réaction.

Contactant un petit dealer que j'avais sauvé par le passé d'une situation scabreuse, je me fis livrer quelques livres de Maupassant. Faute d'échanges, j'avais choisi de nommer mon initiatrice Élisabeth en hommage à *Boule de Suif*. Rentrant dans ma chambre, elle fut étonnée par la pile de livres qui envahissait ma table de nuit.

Je fus enfin autorisé à commencer ma rééducation. Ce fut l'occasion pour moi d'adopter un programme d'entraînement digne des plus grands compétiteurs. Je retournais perclus de crampes dans mon lit d'hôpital. Un repas, une petite sieste et je m'installais devant mon café longo à la cafèt' du centre hospitalier avec mon livre dans les mains.

Deux mois après, j'étais devenu complètement autonome. Élisabeth était devenue Aurélie, que j'appelais dorénavant par son prénom, et nous discutions durant ses pauses de littérature et de bien d'autres choses.

Je quittai ma chambre quatre mois après mon accident sans emploi et sans perspective. Ne pouvant exercer mes tâches habituelles, j'avais deux choix : reprendre une fonction de guetteur, le premier degré du trafic de stupéfiants, ou quitter définitivement le monde de la délinquance. Je n'intéressais guère mes anciens employeurs et les flics m'avaient rayé de leur liste. Par chance, j'avais gardé un petit pécule qui me permit de vivre quelques mois et de financer une formation de chauffeur poids lourd et de conducteur de car. Embauché dans une entreprise spécialisée dans des voyages touristiques, je profitais des longues pauses pour poursuivre mes découvertes livresques. J'avais gardé une excellente coach qui savait me guider dans ce monde inconnu.

Invité pour la première fois chez Aurélie quelques semaines après ma sortie, j'avais l'impression de pénétrer dans une bibliothèque. Elle avait voulu suivre des études de lettres, malheureusement les circonstances l'obligèrent à entrer rapidement dans le monde du travail et le métier d'aide-soignante fut son premier choix.

Après mon emménagement dans son petit appartement, Aurélie intégra la faculté des lettres. Pour augmenter mes revenus, je me portais volontaire pour effectuer des voyages à travers l'Europe. La veille de mon départ, Aurélie ajoutait une sélection d'ouvrages et attendait mes critiques à mon retour.

Forte de ses diplômes, Aurélie obtint le poste de responsable des achats à la bibliothèque municipale. Par son intermédiaire, j'eus celui de chauffeur du bibliobus. Je retournais dans les quartiers que j'avais, pour d'autres missions, souvent arpentés et je lisais à haute voix des contes aux enfants des dealers que je devais autrefois contrôler.

En débarrassant l'appartement de ma mère à la suite de son décès, je découvris une boîte en fer où s'entassait un abondant courrier : des lettres de mon père couvrant une correspondance qui s'achevait par son avis de décès daté de 2020. Mon géniteur était visiblement informé de mon évolution. Il envoyait régulièrement d'importantes sommes d'argent que ma mère avait déposées sur un compte à mon nom dont l'existence me fut révélée par son notaire. Entourées par un cordon, je retrouvais les fameuses cartes que ma mère me remettait à mon anniversaire avec celle qui résumait à elle seule mon destin :

« De l'étincelle, jaillira le feu, source de chaleur et de lumière qui chauffera et éclairera ton foyer. »

GRAND PRIX

Le chignon

Audrina H.

Elle n'avait même pas pris le temps de chercher ses affaires avant de partir, à l'exception de son sac à main et de son téléphone. Sa veste et son ordinateur portable l'attendraient donc sagement sur son bureau. À vrai dire, elle ne se rappelait même pas comment elle était entrée dans l'ascenseur ni comment elle avait trouvé la force d'appuyer sur le bouton du rez-de-chaussée. Elle ne pouvait pas remonter et l'affronter à nouveau, pas après tout ça. Elle regrettait néanmoins d'avoir laissé sa veste, la température étant particulièrement basse en ce début du mois d'avril. Tandis que la colère irradiait tout son corps, elle se mit résolument en marche jusqu'au petit café du coin, un endroit sans prétention mais qui lui permettrait de se poser au calme. Tandis qu'elle buvait son café trop chaud à petites gorgées, elle essaya de réaliser ce qui venait de lui arriver. Elle pensa à Léna, à deux bureaux du sien, qui se demanderait sûrement où elle était passée. Elle ne parvenait pas à comprendre que tout ait pu dérailler aussi rapidement ni qu'elle soit restée sidérée, incapable d'ouvrir la bouche. Comment pouvait-elle se trouver assise là, avec son sac à main, au lieu de relire sa présentation une dernière fois ?

Elle avait beaucoup misé sur ce travail. Sa première rencontre avec Véra s'était bien déroulée. La sensation de ses nouvelles chaussures qui lui sciaient l'arrière du pied et sa nervosité pour cet énième entretien d'embauche lui revinrent à l'esprit. Véra l'avait complimentée sur ses cheveux lisses (elle s'était dit que c'était bon signe, un employeur ne flatte pas un candidat sans le recruter derrière, non ?) et l'avait félicitée pour son CV impressionnant pour une jeune diplômée. Elle avait souri d'une manière qu'elle espérait humble, consciente qu'elle avait réussi – non sans peine – à décrocher tous les bons stages. Cette première entrevue n'avait pas duré longtemps, mais elle savait qu'elle avait fait bonne impression : elle avait loué la boîte sans pour autant en faire trop et elle avait ri aux bons mots de Véra. Même si elle était sincèrement intéressée par cette entreprise, les refus essuyés jusqu'alors étaient de plus en plus difficiles à accepter et l'appel enjoué de Véra pour lui annoncer la bonne nouvelle avait été un profond soulagement. Elle s'était sentie de plus en plus à l'aise et s'était rapprochée de Léna, qui occupait un poste relativement similaire au sien et avec qui elle débriefait régulièrement sur les moindres potins concernant leurs collègues.

Et puis, subtilement, les choses avaient changé. Un lundi matin, alors que son cuir chevelu lui faisait encore payer le prix des longues heures passées au salon de coiffure, Véra s'était figée en l'apercevant. Elle n'y avait pas vraiment prêté attention, Léna l'ayant comparée d'un air admiratif à la dernière chanteuse pop du moment pendant la pause déjeuner. Avec le recul, évidemment, elle se mordait les doigts de ne pas avoir saisi. Le changement de comportement était devenu de plus en plus perceptible, jusqu'à ce qu'elle soit obligée d'admettre qu'elle n'inventait rien. Tout le monde avait constaté qu'elle n'était plus la petite protégée de Véra et les rumeurs allaient bon train. Elle ne s'était pas laissé démonter pour autant, essayant de se persuader que c'était temporaire. Mais sa cheffe restait insensible à ses efforts. Soudainement, ses rapports « manquaient de clarté », ses recherches préparatoires étaient « insuffisantes » et ses présentations orales « ne captivaient pas les clients ». Elle avait alors sollicité plusieurs entretiens informels pour comprendre ce qui lui était reproché. Lorsqu'elle avait tenté d'expliquer qu'elle avait au contraire le sentiment de s'améliorer de mois en mois et d'avoir vraiment assimilé les attentes de l'entreprise, Véra lui avait rétorqué sans la regarder qu'elle était « encore loin d'être au niveau attendu ». Finis les compliments sur ses cheveux, oubliées les louanges sur les stages qui lui avaient permis de décrocher ce poste convoité, terminées les plaisanteries entre deux réunions. Elle s'était accrochée malgré tout, décidée à prouver qu'elle n'avait pas volé sa place.

Mais elle était devenue indésirable. Léna était parvenue à la convaincre d'aller parler au service RH. Elle s'y était rendue en traînant les pieds, ayant également conscience qu'elle ne pourrait plus tenir longtemps dans cette ambiance asphyxiante où rien ne trouvait grâce aux yeux de Véra, y compris ses tenues vestimentaires, ses repas ou encore sa manière d'articuler. Alors qu'elle énumérait les piques et tentatives de sabotage à son encontre, le responsable RH, un petit homme chauve qui ne cessait de se triturer les doigts, lui avait coupé la parole en lui disant qu'il espérait qu'elle n'était pas en train d'« insinuer quoi que ce soit » sur sa cheffe, qui était au demeurant une cadre « extrêmement compétente » et qu'il serait « opportun qu'elle se remette en question » eu égard à son arrivée récente dans l'entreprise. Humiliée, elle avait mis fin à l'entretien assez rapidement et était partie se calmer dans le couloir. Réprimant la crise d'angoisse qui menaçait, elle avait rapidement regagné son bureau afin de ne pas offrir à Véra la moindre raison de la réprimander.

Sa vie professionnelle avait suivi son cours, tant bien que mal, jusqu'à la déflagration de ce matin, une heure plus tôt à peine. Elle avait terminé la veille la présentation sur laquelle elle travaillait depuis plusieurs semaines à destination d'un client majeur. Si tout se passait comme elle le souhaitait, elle pourrait prétendre à une jolie prime. Confiante, elle s'était rendue dans le bureau de sa cheffe pour faire le point. Avant même qu'elle ouvre la bouche, Véra l'avait dévisagée de haut en bas avant de soupirer : « Bon, Imany, ne le prenez pas mal, mais vous auriez pu faire un effort concernant votre apparence, surtout aujourd'hui. Vous avez l'air d'une sauvage avec cette coiffure, je n'ai pas besoin de vous préciser que c'est inacceptable. Je vous laisse m'arranger ça, on se revoit cet après-midi. » À peine avait-elle eu le temps de comprendre la scène qui venait de se jouer que Véra quittait son propre bureau, la plantant là. Par réflexe, Imany porta une main à son afro. Soudain, tout lui revint en mémoire. Des événements mineurs, jugés sans importance, pendant ses études. Des recruteurs, pendant ses recherches de stage, très enthousiasmés par son CV qui déchantaient lorsqu'ils la rencontraient en personne. Trop de candidats et pas assez de postes : c'était le discours qu'elle se répétait à l'envi. C'était devenu le mantra dans lequel elle se réfugiait chaque fois qu'elle se sentait sur le point de craquer. Elle se souvint aussi de son tuteur, pendant l'un de ses stages, qui avait commenté ses nattes collées en lui demandant si elle allait bientôt changer de coiffure et à qui elle avait naïvement parlé de la versatilité du cheveu crépu avant de réaliser qu'il aurait préféré qu'elle se présente sur son lieu de travail avec les cheveux lisses, comme lors de leur premier entretien. Tous ces souvenirs qui refluaient lui avaient donné la nausée et l'idée de retourner s'asseoir devant son ordinateur lui était insupportable.

Au moment où son téléphone se mit à vibrer à côté de son café qui commençait à refroidir, elle sut avant même de regarder qu'il s'agissait de Véra. Elle fixa l'appareil sans répondre. Sa cheffe fit une deuxième tentative avant de lui écrire un SMS : « On se rejoindra directement dans la salle de réunion, j'ai quelques appels à passer. » Le deuxième message ne tarda pas à suivre : « N'hésitez pas à aller vous servir dans le premier tiroir de mon bureau pour vous arranger un peu, je dois avoir des élastiques et une brosse, un chignon serait parfait. À tout à l'heure. » Imany éteignit son téléphone avant de commander un deuxième café.

Quand Véra entra dans la salle en compagnie des clients, Imany était tellement calme qu'elle n'eut aucun mal à ignorer ses sourcils froncés et son regard insistant. Elle lui adressa un grand sourire et attendit que chacun se soit servi en thé ou en café pour s'éclaircir la gorge et se placer devant l'écran de projection. Lorsqu'elle fut certaine qu'elle avait obtenu l'attention générale, elle prit la parole.

— Bonjour à tous, j'espère que vous me reconnaîtrez avec cette coiffure un peu différente de d'habitude et qu'elle ne choquera personne. Je tiens d'ailleurs à complimenter Véra, qui a choisi une fois encore de nous éblouir avec un chignon intemporel, un choix peu audacieux mais qui a le mérite de faire honneur à cette entreprise.

Manifestement prise au dépourvu, Véra leva les yeux de son ordinateur portable pour la regarder. Son visage demeura impassible mais Imany la connaissait assez pour savoir à quel point elle devait être déstabilisée.

— Peut-être partagez-vous l'avis de Véra sur mon afro. Elle ne s'est pas gênée pour me le rappeler : ce n'est pas professionnel, ça distrait, ça fait malpropre. Toute cette masse de cheveux est parfaitement inappropriée dans un contexte professionnel.

À présent très raide sur sa chaise, Véra réussit à afficher un petit rire forcé avant de s'adresser à elle.

— Imany, je pense qu'il y a une incompréhension, soyez assurée que je n'ai rien contre votre coiffure. Nous devrions sans doute commencer la présentation, suggéra-t-elle d'un ton doucereux qui avait du mal à faire illusion tant il contrastait avec la dureté de son expression.

— Vous avez raison, j'ai probablement mal compris, pardon ! C'est sûrement une coïncidence si je suis la seule à qui on se permet de faire ces réflexions… Je n'ai pas entendu qui que ce soit faire des reproches à Louise, à Ambre ou à Julie, si ? Elles aussi laissent leurs cheveux détachés pourtant et je n'ai entendu personne leur suggérer de changer de coiffure.

— Vous n'êtes pas en train d'insinuer que nous faisons preuve de *racisme* ?

Véra avait sifflé le dernier mot, visiblement au bord de l'implosion. Ses joues étaient devenues écarlates.

— Du racisme ? Faites attention, Pierre des RH risque de nous faire une rupture d'anévrisme s'il vous entend ! Je vous fais confiance pour proposer une explication rationnelle au fait de suggérer à votre seule employée noire de se faire un chignon pour avoir l'air moins sauvage devant les clients.

Véra se leva d'un bond mais n'esquissa pas le moindre geste pour quitter la salle. Elle semblait avoir oublié la présence des clients assis autour de la table, concentrant toute son énergie sur Imany.

— Vous pouvez vous rasseoir, Véra, j'en ai bientôt fini, c'est promis ! Mais avant de vous laisser à votre présentation, je tiens quand même à vous dire combien je suis fière de mon afro. J'ai passé l'âge d'obéir pour correspondre à votre vision étriquée du professionnalisme et mes cheveux, aussi majestueux soient-ils, n'ont jamais porté atteinte à ma productivité. Je n'ai pas besoin de prouver ma compétence, il me semble que mon CV parle de lui-même. Je suis désolée, mesdames et messieurs, d'avoir pris de votre temps et je vous laisse en compagnie de Véra qui saura, j'en suis sûre, rester professionnelle et vous faire à ma place la présentation que vous attendez.

Légèrement étourdie d'avoir autant parlé, Imany ne prêta pas attention aux murmures qui commençaient à se faire entendre dans la pièce. Elle se contenta de se pencher vers Véra, toujours debout, dont les phalanges étaient blanches tant elle était agrippée à la table en verre. Sans même savourer son air ébahi ou ses joues manifestement toujours brûlantes, elle se contenta de lui chuchoter qu'elles se reverraient très bientôt aux prud'hommes. Alors qu'elle se dirigeait vers le bureau de Léna pour lui annoncer qu'elle s'en allait, Imany retira le bandeau qui maintenait son afro. Tandis que ses cheveux retombaient doucement pour encadrer son visage, elle se surprit à penser qu'elle ne s'était pas sentie aussi légère depuis longtemps.

PRIX DU JURY

TEXTES SÉLECTIONNÉS DE PERSONNES DÉTENUES

PLUS DE 26 ANS

Écrire, c'est dessiner une porte sur un mur infranchissable, et puis l'ouvrir.

Christian Bobin

Étincelle

Vanina

C'est à ce moment-là, hors du temps, que
la réalité a choisi
Pour montrer qu'elle décide et que si elle
veut, elle nous malmène.
Elle est injectée dans ma joie comme une
anesthésie
Souviens-toi de mon sourire, il ne sera
plus jamais le même.

Le temps s'est accéléré d'un coup et c'est
tout mon futur qui bascule.
Les envies, les souvenirs, les projets dans
ma tête, il y a tout qui se bouscule.
Le choc n'a duré qu'une seconde, mais il
ne laisse personne indifférent.

« Votre fille rentre en prison », voilà ce qu'ils ont dit à mes parents.

Aujourd'hui, mon esprit navigue sur une mer tumultueuse.
Suivant les étoiles et cette lumière mystérieuse.

En quittant ma famille, j'ai vu l'étincelle dans leurs yeux.
Elle brille de mille feux jusqu'au plus profond d'eux.
D'un seul coup, je ressens mon cœur qui se détache
De mon corps qui brûle.
Cette douleur devient pour moi une source d'inspiration.
Mes erreurs du passé donnent à mon crayon la direction.

J'ai découvert de l'intérieur un monde parallèle.
Un monde où tout me semble irréel.
Un monde qui existait sans que j'y fasse vraiment attention.
Parenthèse dans ma vie, restera libre mon imagination

À la fenêtre de ma cellule, je suis une étincelle de la source.
Je cherche constamment l'étoile brillante de la Grande Ourse.

Le monde carcéral est fait de silence, de résistance.
Un équilibre fragile, je me sens un hamster dans une cage.
Une frontière étroite entre espérance et souffrance.
En ouvrant les yeux, c'est surtout un monde de courage.

Je garde en mémoire l'étincelle des miens dans leurs yeux.
Qui éclairent mes journées noires en regardant les cieux.
Ce point brillant me paraît inaccessible.
Il est seulement le miroir de ce qui m'est visible.

Écrire pour moi, c'est cette étincelle luisante.
Qui me transporte comme une étoile filante.

Elle remplit mes rêves et mes espoirs.
Elle éclaire mes soirées quand il se fait tard.
Cette étincelle réveille ma spiritualité.
Elle me questionne sur mon identité.
Les savants vous diront qu'elle est le reflet de l'âme.
Les poètes eux décriront qu'elle représente la flamme.
Finalement, elle illustre la lumière de la vie.
Mais personne ne l'imagine ainsi.

Mon étincelle c'est l'univers.
C'est la naissance du mot mystère.
Elle est propre à chacun de nous.
Uniquement et cependant partout.

Elle me transperce comme un éclair, à travers tout mon corps.
Qui me donne le courage de me battre encore.

Étincelle ou court-jus d'électricité.
Elle me montre la puissance de la vie, de son immensité.
Donnez-moi ce qui manque à l'étincelle pour faire du feu.

Je veux réchauffer mon cœur quand il devient froid.
Avec l'imaginaire pour arme.
Le plus dur devient surmontable, supportable.
Mais à jamais mémorable.

L'amour, c'est cette étincelle-là plus éclatante mais sans bruit.
Elle est ma ligne directrice dans la vie.
Mon chéri, même si nous sommes séparés
Restons unis dans cette épreuve d'adversité.
Je porte mon flambeau symbolique.
Notre amour reste puissant, rien ne vacille.
L'étincelle de notre amour reste magique.
Pour qu'un jour prochain, nos nuits scintillent.

Derrière cette vitre de parloir, rien n'est laissé au hasard.
Cette petite flamme dans le noir
Dit à mon cœur de ne pas perdre espoir.

Un arrêt sur image s'impose.
À jamais cette lueur éblouit nos yeux.
Est-ce un reflet ? une émotion par tant de choses.

J'attends avec impatience ce moment miraculeux.
Ma liberté, ma renaissance…
Envolons-nous tels des oiseaux.
Pour faire disparaître les barreaux.

Notre étincelle ne mourra jamais.
Car on s'aime pour l'éternité.
Rendez-vous dans nos rêves.
Là où nos âmes sont en trêve.
Pensons à nos jours heureux.
Bientôt, nous serons libres et amoureux.

« Éteins » 'c' « aile »

Les combattants de la vie

Rédouane

Le jour où j'ai quitté mon quartier, j'ai eu l'impression de rompre avec mes racines, de perdre mes repères.

Peut-être est-ce difficile à croire quand on le voit à la télévision et pourtant, je ne peux que louer tout ce que mon quartier m'a apporté. Quand on y vit, on sait qu'on est tous animés d'une flamme qui brûle en nous et qui fait de nous des êtres sensibles.

Nous ne sommes pas dans le ressentiment car ce n'est pas un projet, le ressentiment n'est pas un avantage, c'est plutôt un frein à tout ce qu'on pourrait essayer dans la vie. Il nous retient, nous restreint, nous limite.

Non ! Dans nos yeux brille une lueur intense qui nous permet de nous repérer dans la pénombre de la vie. Là où les autres sombrent, nous autres l'utilisons pour raviver notre courage et notre abnégation.

Nous sommes à égale dignité avec n'importe qui, ce troisième millénaire est le nôtre aussi. Nous ne voulons pas du statut de victime, bien au contraire même. Nous avons aussi une histoire, des valeurs à défendre et si on regarde bien, les vraies valeurs sont universelles.

Des sociologues et pseudo experts médias adossent parfois à ces quartiers dits sensibles des qualificatifs toujours négatifs afin d'alimenter un climat anxiogène. Il suffit de lire la une des journaux : « L'étincelle qui a mis le feu aux poudres ! », « L'étincelle qui a embrasé le quartier… » La population et les pouvoirs publics ont l'angoisse qu'elle n'enflamme leur ville ou qu'elle ne mette le feu à toute la nation comme en 2008 et 2023. J'ai envie de leur crier : « Venez chez nous et vous serez surpris et envieux de notre énergie positive dont vous manquez cruellement ! »

En tout cas, à ceux qui méprisent ces citoyens dont je fais partie, sachez que vous ne nous prendrez pas notre étincelle, vous ne l'éteindrez pas non plus car nous l'alimentons sans cesse avec de l'amour et de la solidarité, la faisons croître afin de la transmettre à nos enfants comme un trésor inestimable.

Cette étincelle, elle est le reflet de nos âmes de guerriers de la vie.

L'étincelle

Laurent B.

Du vocabulaire au 1er livre ouvert
Des dictionnaires que forme la grammaire
Des réfractaires, aux yeux révoltaires

Entre la plume et l'enclume
Entre la lune et la brume
Entre les dunes et l'écume

Du violoncelle à l'harmonica
À nos propres duels, au cœur qui bat
À nos étincelles qui forment les opéras

De leur faisceau aux lâchers de colombes
À ce monde sans drapeaux
Du chapiteau aux salles combles

De la pénombre au soleil
À nos heures sombres éclairées par nos gabrielles
Graver dans l'éternel nos étincelles

Aux heures sombres sous vos paupières
Ne pas voir que la terre s'effondre
Pour un meilleur monde, un récital de prière.

De la prose aux chrysanthèmes
Puis des roses aux poèmes
Entre les overdoses de je t'aime,
Ayons l'étincelle

Au merveilleux de la vie
De l'utopie dans nos yeux
De l'envie aux aveux
Contrôlons notre étincelle

Aux origamis, à la marelle
Aux croix qui dominent le ciel
De la foire au parvis de Notre-Dame
À toutes les passerelles qui mènent à Notre Belle Mère de la Garde
Amenons l'étincelle

L'étincelle

À nos ivres bateaux
À nos livres, aux fils d'Artaud
Au bordeaux qui enivre nos mots

À ces neiges éternelles
Aux cierges que l'on tend vers l'éternel
Ravivons l'étincelle.

Du chant des rossignols
Aux champs agricoles
À nos Marcel Pagnol
Créons l'étincelle.

Puis de Giraudoux à Zola
Du mime Marceau à Dumas
D'Edgar Poe à Zhu Da
Du culturel, transmettons l'étincelle

L'étincelle

Matthieu B.

Mon enfance dérive assez rapidement
Vécu en France délit sur délit, sentiments mis d'côté plutôt facilement
Rien d'facile, plus rien ne m'fascine
Dès mon plus jeune âge arraché à mes racines
Placé au foyer d'l'enfance, famille d'accueil
Prison pour mineur, ma vie prend un autre sens
À force que j'la décime, pas l'air d'un dessin animé
J'la dessine pas, mais l'écris avec sincérité
J'affine mon écriture, avec sérénité
Une Haine m'envahit, mérite pas c'que j'ai mérité

36 + 12 font 48 voici une peine dont j'ai hérité
Je viens d'une famille modeste, je n'suis pas fils d'héritier
N'ai aucune pitié, p'tit à p'tit, je lutte à y remédier
Malheureusement, je n'sortirai pas dans l'immédiat
Je prie chaque matin pour que Dieu puisse m'aider
À avoir un déclic, des milliers de bonnes résolutions
Être le pilier de moi-même, plus croire que la solution dans l'absolu
Est dans l'Absolut, Rhum Charrette soumis dans ce genre de boissons
Que tout soit résolu, que tout s'arrête, voir un autre horizon, avoir d'autres choses en tête
Être au bord de la MER, loin de la MERDE, comme en prison loin de ma mère
Le temps passe si vite je prends de l'âge

Qui aurait dit qu'un enfant si sage aurait eu un mauvais présage

Beaucoup d'pression mauvais passage mais la passion de l'écriture, ma foi en Dieu
Me donnent le courage et cette force qui m'ouvrent les yeux
Sur moi-même dans l'avenir
J'veux rendre fiers ceux que j'aime dans les années à venir
J'aimerais subvenir aux besoins d'ma mère
Trop d'souvenirs qui m'donnent un goût AMER
Amen car Dieu préserve ma Reine, qu'j'lui redonne le sourire aux lèvres
Ah cette femme qui a enduré qui m'a élevé
Et m'élève toujours L'étincelle de ma vie
Chaque jour la vie m'enseigne qu'être ivre
N'est pas une vie saine
Je ne veux pas être celui en cellule pour le restant de ma vie et que mon cœur saigne…

FIN

L'étincelle

Philippe G.

La légende la figure sans trait, vapeur éphémère, ombre furtive, bourrasque fuyante. Elle s'abandonne, ou plutôt, s'offre en holocauste sur l'autel de la révolution et du changement. Ses cendres dispersées laissent place à bien plus signifiant qu'elle. On l'oublie, mais pas ses effets. Pour la majorité, ceux qui ont le malheur de la côtoyer en deviennent transformés, bizarrement marginaux et follement stupides. C'est l'étincelle.

J'ai croisé sa route une première fois, je me souviens, craignant sa renommée, son pouvoir prétendu et sa redoutable dangerosité. Un jour ordinaire devenu si singulier, marqué par cette rencontre inattendue.

Apparition spontanée, sous mes yeux figés et mon air absent, elle prit la forme chimérique du mystère, là, au milieu de rien. C'est une bête majestueuse, splendeur royale et puissance infinie se conjuguent en aura surnaturelle. Une tête sans bride, un corps dépourvu de selle, mais deux perles noires vous lançant un terrifiant regard, capable de fendre l'âme pour l'exposer en livre ouvert.

Qui oserait faire un pas en direction de cette créature fantastique sans parent ni lignée ? Ni la honte, ni la culpabilité, encore moins la lâcheté. Elle fuit l'orgueilleux mais pas le téméraire. J'ai cru percevoir un murmure, la psalmodie évanescente d'une invitation.

Alors, dans un sursaut hasardeux, je me suis laissé happer, presque sans volonté propre, médusé. Le temps d'un souffle et je dominais un monde nouveau depuis une hauteur que m'offrait cette effrayante monture. Je croyais diriger le monde, profitant de perspectives uniques sur mon environnement. Je découvrais comme pour la première fois l'univers transformé. Je perdais pied, le sens des réalités et mon innocence.

J'osais l'incongrue différence. Je goûtais des épices exotiques inconnues dans mon palais. Je semais des graines étranges, prémices de plantes anonymes. Mais dans ma naïveté, je récoltais presque aussitôt les critiques en guise de fruit, parfois l'incompréhension voire la haine. Chaque seconde de malaise accentuait l'agitation de celle qui me soutenait. Ce tumulte intensifiait les estocades meurtrières du lourd regard du conformisme.

Mais pourquoi donc ai-je pensé pouvoir maîtriser l'indomptable que personne ne connaît ? Je me cramponnais à son impériale crinière de feu quand elle se mit à vociférer. Secoué à l'extrême, je n'étais plus qu'un pantin sans jointures pris dans un insensé tourbillon. Est-ce qu'un papillon peut regretter son existence au milieu de la tempête ?

Mon âme même projetée à terre, l'essence de mon être liquéfié se répandait sur le sol poussiéreux. Je me redressais, non sans peine, groggy par cette violente expérience onirique. J'étais désormais seul. Seul avec une douloureuse satisfaction, un dérangeant bien-être. Cette chose a-t-elle seulement existé ?

Sur mes membres engourdis s'étaient dessinés les stigmates de cette lutte inégale. Les sillons dans ma chair m'imposent encore aujourd'hui la réminiscence de ce moment unique. Depuis, elle est le spectre de mes pensées intimes, l'énergie qui anime mes actes les plus remarquables, bons ou mauvais.

Ma vie est une succession étirée de choix et d'actions sans relief. Une vaste plaine qui se perd au-delà de l'horizon. Mais parfois, elle revient, je ne l'appelle pas, elle réapparaît. Elle me connaît et vient me surprendre quand je ne l'attends plus. Elle fait jaillir du sol tantôt un gouffre, tantôt une montagne. Elle façonne le paysage si bien qu'on ne remarque plus que ses prodiges et l'œil ne voit rien autour.

Elle brille souvent dans le regard des enfants et des arbitres, je reconnais les traces de son passage dans l'œuvre de ceux qui l'ont approchée. C'est l'éclair qui blanchit les ténèbres profondes des nuits de mon esprit, un flash intense qui précède le long roulement du tonnerre de mes réflexions abyssales.

Elle vient comme elle part, souvent mal comprise et presque toujours ignorée. On en détourne le regard, l'empêche de subsister. Elle est malaimée parce qu'elle ne peut être contrôlée. Elle crée la différence, la nouveauté et le chaos. Mais je lui laisse toujours de quoi boire et manger, une place à elle, un refuge accueillant, pour qu'elle sache qu'auprès de moi elle sera toujours à son aise. Je compte les jours avant ses réapparitions, l'Étincelle ne peut être ni provoquée, ni invoquée.

Quand elle revient, je me laisse apprivoiser, je me dissous en elle le temps de sa présence. Je ne cherche plus à la dompter, je n'essaie plus de la contraindre, c'est elle qui vient à moi. Je suis sous son joug docile et muet quand nous devenons centaure de créativité.

Je suis une poussière insignifiante, plein d'une humble gratitude pour elle. Avec douceur, elle m'a rendu visite et guide mes doigts depuis la première lettre que j'écris ici. Je sais qu'elle n'est jamais loin et va toujours à sa guise. Ce texte, c'est son cadeau, son héritage, et c'est au bout de cette phrase qu'à nouveau, libre, elle disparaît.

Mortelles étincelles

Michel J.

Je m'allume en feu ardent
J'ai de la lave dans le sang
De la chaleur sous ma peau
Un échauffement dans mes mains
Une lumière dans mes yeux
Il me reste des braises au ventre
Je m'auto-consume.

Je me souviens d'avoir été proche de la mort.

À 4 ans, j'ai reçu un coup de fusil pendant que l'OM se qualifiait à Marseille pour la finale de la coupe d'Europe.

Je me souviens à 13 ans, lors d'un déménagement, d'avoir dormi les jambes en dehors de la fenêtre du véhicule.
Une voiture a percuté le camion.
Le camion traînait sur le bitume faisant des étincelles.
Mes jambes sont devenues de la bouillie.

Je me souviens à 21 ans d'entrer sur un rond-point à 180 km/heure.
Au moment même où la vie quittait mon corps,
L'image de mes deux filles m'est apparue,
Un cri de rage et de guerre m'a réveillé.

Je me souviens âgé de 27 ans de n'avoir toujours rien compris.
J'ai tamponné.
La voiture était devenue incontrôlable.
Une chaleur intense est sortie de ma bouche.
Je croyais que cette fois était la dernière.
J'ai regardé la place passager,
Là où le jour d'avant était assis mon fils,
Le feu en moi s'est allumé.
Je me souviens de l'image de mes enfants,
J'ai survécu encore.

Je me souviens des sous en abondance,
De cette drogue de pharmacie,
Des aiguilles appelées seringues,
Sur les bancs de ma cité.
Je me souviens qu'ils vendaient les draps de leurs enfants et leurs assiettes pour s'en procurer.
Je me souviens de ce qui faisait transpirer et rendait malade,
Je me souviens d'une overdose.
Derrière chaque porte, il y avait quelqu'un appelé Héroïne.

Étincelle qui me réveille en feu incandescent,
Étincelle qui tue à balles réelles,
Qui brûle mes jambes jumelles.

D'un missile à tête nucléaire,
Étincelle du ciel à la lumière éternelle,
Étincelle du soleil qui m'émerveille,
Étincelle d'un accident mortel.

Nouveau jour

Aymeri S.

Il était six heures du matin quand ils sont arrivés à bas bruit, exactement comme dans les reportages télé. Je dormais dans mon camping-car pour m'épargner les chaleurs de ce début d'été. Ils devaient être une vingtaine de gendarmes. Une situation complètement ridicule, moi, au milieu d'eux, en slip. Encore embrumé de ma dernière soirée.

Comment j'en suis arrivé là ?

Sûrement le résultat de ces six dernières années où je me suis enfermé dans l'engrenage de la drogue.

Un engrenage aux apparences magnifiques et diaboliques de soirées qui s'enchaînent, boostées par la drogue qui illumine, amplifie les sensations, les relations. Tout est plus coloré, plus beau, plus cool. Au début, c'est une fois par mois, puis une fois par semaine, pour devenir quotidien. Une fête n'est plus une fête sans drogue ni alcool et être saisonnier n'arrange rien à l'affaire.

Toute la saison, tu passes de fête en fête, toutes plus faussement lumineuses. Mais finalement, tu te consumes, ta lumière intérieure se réduit à une sorte de braise qui ne demande qu'à s'éteindre. Les moments où tu ne te drogues pas, tu les passes à récupérer, à dormir, à être de mauvaise humeur et à t'en vouloir d'être aussi con.

Bien sûr, tu ne fais plus rien, aucune lecture, aucune lettre, ton attention est réduite à néant et les films que tu regardes ne sont que des taches de couleurs qui défilent, ne te laissant aucun souvenir.

Quand tu te drogues, tu ne manges pas, tu bois !

Et lorsque tu es dans la descente, tu manges n'importe quoi, tu es complètement déréglé. Tu négliges ton corps et remets toute gym au lendemain. La procrastination est le pape du drogué.

Après quatre-vingt-seize heures de garde à vue, je suis déféré à la maison d'arrêt de Nice, mon corps encore rempli de drogue, encore sous l'effet cotonneux de la descente.

Sans m'en rendre compte je me retrouve avec deux autres personnes dans une cellule. Neuf mètres carrés à trois ! Le choc est rude, la descente infernale, les questions affluent dans mon esprit qui fait barrage.

C'est une erreur, je vais sortir, toutes mes questions se fracassent contre les murs qui me disent « tu es en prison » ! L'endroit le plus bas de la société. Tu as touché le fond, idées noires, tu penses avoir tout perdu et tu te vois alors confronté à plusieurs possibilités.

– Le suicide, trop définitif.

– Les cachetons qui te rendent dépendant et faible, et qui te font devenir une proie pour les autres.

– Ne rien faire, même pas sortir en promenade, rester dans ta cellule à dormir, manger, télé. Attendre que ça passe.

– Te révolter en hurlant, en tapant sur les portes, insulter les gardiens et faire des allers et retours au cachot qui ne feront que rallonger ta peine.

– Et une autre voie plus lumineuse, comme une étincelle.

La prison c'est comme choper un cancer, tu te dis que tu vas tout faire pour en sortir et si tu en sors tu vivras mieux. Alors, je me suis dit que j'allais refaire tout ce que je faisais avant la drogue. Que j'allais prendre ce temps pour me remettre à niveau. Que la prison devait m'apporter plus que ce qu'elle pourrait m'enlever.

J'ai commencé par reprendre ma correspondance, avec ma famille, mes amis. Ouvrir un dictionnaire et écrire des phrases, répondre aux courriers.

Je me suis inscrit au programme Lire pour en Sortir. Après des mois de sevrage, mon attention était revenue et la lecture avec.

La prison te donne le temps que tu n'as plus dehors.

Et puis grâce à l'art-thérapie je me suis remis à peindre dans ma cellule, chose que je faisais régulièrement avant mes années drogue.

Maintenant, je dessine ou peins pratiquement tous les jours, la peinture occupe une part importante de ma vie. Malgré les tentations, je ne touche plus aux drogues, ni à l'alcool.

En rentrant en prison, j'étais au fond, c'était le moment de taper du pied, l'étincelle a jailli et je suis remonté à la surface. Je me suis remis en forme, les premières séances durant les promenades étaient horribles : plus aucune force physique et morale, des palpitations, une fatigue infinie. Mais il faut tenir, tenir le rythme, prendre ce temps comme une chance qui sera sans doute la dernière.

Petit à petit vous remontez la pente, les séances deviennent plus faciles, vous maigrissez et même le poids mental disparaît.

Vous vous dynamisez, le sommeil revient, le sourire avec.

Vos journées se ressemblent comme un jour sans fin mais de plus en plus agréablement, remplies de lecture, d'écriture, de peinture, de sport et de films.

Vous êtes avec vous-même dans une parenthèse plus douce.

L'étincelle a allumé une flamme et le feu brûle en vous.

Tout ce que vous accomplissez maintenant, même si ça doit durer des années, vous porte vers des jours meilleurs.

La prison a été un coup d'arrêt mais sûrement la meilleure chose qui pouvait m'arriver.

Elle m'a permis de sortir de mon addiction, chose qu'aucune cure n'aurait pu réussir à faire.

Elle m'a rendu ma forme, ma lucidité et les choses essentielles.

Le jour de mon arrivée en prison a été le premier jour du reste de ma vie en pleine conscience.

Question de temps

Bernard C.

Au départ,
C'est juste une question de temps ;
De temps qui passe
Plus ou moins vite
Selon la durée de vie
De celui qui regarde…
Qui regarde l'allumette s'enflammer,
L'amorce du briquet à pierre,
Le crépitement des écorces au feu,
Les diablotins s'échappant des flammes,
Virevoltant, tourbillonnant
Vers la nuit noire et calme,
Rejoignant le ciel sans fin,
Ses millions de soleils,

L'étincelle

Lumières figées dans l'instant cosmique,
Dans l'espace
Trop immense pour nous
Et dans le temps trop infini
Que nous avons divisé en secondes
Pour être à son échelle…
C'est juste une question de ce temps ;
La durée d'une vie
D'une lueur éphémère
Envolée vers la nuit,
Se mêlant aux étoiles
Et croit qu'elle est soleil…
… Le temps d'une étincelle.

TEXTES SÉLECTIONNÉS DE PERSONNES DÉTENUES

MOINS DE 26 ANS

Il faut avec les mots de tout le monde
écrire comme personne.

Colette

Lumière obscure

Mohamed Tadj-eddine B.

Je rallume le brasier en forme de cônes pour éviter les visions affreuses.

Mais je sais que je ne me sers pas correctement de ma flamme.

L'étincelle ? Je la sens s'agiter en moi, j'ai l'impression qu'elle est trop peureuse.

Je ne m'en sers pas comme il se doit, de moi, elle ne veut pas tomber amoureuse.

Alors, elle grandit, mais s'assombrit.

Elle devrait m'abreuver, mais c'est du venin qu'elle m'injecte.

On dit d'elle qu'elle brille.

Mais quand je la suis, elle m'infecte.

Alors je la fuis, et du destin, je me mets à l'abri.
Car dès le début, je m'en suis mal servi.
Je pensais que l'étincelle me guidait mal.
Finalement elle est juste éteinte.

Tic-tac

Akikamikasy

Enfermé dans mes doutes, mes angoisses
La peur m'étouffe et ces regards noirs au loin qui me poignardent sans distinction
Les cris de mes démons me murmurent et me poussent dans mes derniers retranchements
Je ne sais pas si je survivrai bien longtemps
Les yeux fermés, je me laisse bercer par les grincements du destin
Je garde espoir puisqu'il me donne envie de croire au tic-tac du rouage du temps
Chaque seconde de notre temps cet assassin tout-puissant me fait regretter ma vie d'antan

Ce destin propre à chacun me dicte et me guide vers un avenir encore incertain
Et puisque même dans les nuits les plus noires les étoiles guident nos chemins
L'ultime étincelle de courage qui vient quand enfin cette dernière ligne droite s'offre à moi
Direction la liberté sans se retourner
Pour fuir cet enfer qu'est la maison d'arrêt.

TEXTES SÉLECTIONNÉS DE MEMBRES DU PERSONNEL PÉNITENTIAIRE

L'écriture est le seul espace de liberté absolue.

Nicolas Fargues

Ils ont éteint celles qui restaient

Aude D.

— Regarde bien celle-ci : c'est Sirius, la plus brillante après le soleil.

— On dirait qu'elle clignote !

— C'est exactement ça. On dirait qu'elle clignote et qu'elle change de couleur mais ce sont les turbulences présentes dans l'atmosphère que sa lumière doit traverser qui font dévier ses rayons et qui nous donnent cette impression.

J'écoutais avec admiration mon grand-père m'expliquer les étoiles. À sept ans, j'étais trop petite pour comprendre tout ce qu'il disait mais je le laissais parler comme on écoute une belle histoire. Ses mots lancés dans la nuit avaient quelque chose de magique. Couchés sur une vieille couverture qui grattait les mollets, nos doigts tendus vers le ciel, nous visitions des terres lointaines aux noms mystérieux. Au bout de plusieurs observations, certaines me devenaient familières : Vénus était la première à se lever, suivie de Mars à sa gauche, beaucoup plus petite mais bien visible grâce à sa teinte rouge-orangé. Venaient ensuite Arcturus et Véga puis Saturne et Antarès, jumelle de Mars par sa couleur. Comme il se plaisait à me le faire remarquer, les apparences étaient souvent trompeuses.

— Observe les choses mais ne te fie pas uniquement à ce que tu vois. Mars et Antarès ont l'air de se ressembler. Ce sont les rubis du ciel. Leurs noms même les rapprochent car ils désignent tous deux le même dieu, celui de la guerre. Mars est son nom romain, Arès son nom grec. Antarès veut dire « l'autre Arès », autrement dit « l'autre Mars ».

Je me demandais si ce dieu de la guerre était rouge comme les étoiles qui portaient son nom parce qu'il se nourrissait du sang des humains. Mais comme beaucoup de questions que je me posais quand mon grand-père parlait, je les gardais pour moi de peur d'interrompre la féerie.

— Cet autre Arès n'a pourtant rien à voir avec Mars. Mars est une petite planète rocheuse parsemée de volcans éteints dont le sol est en grande partie rouillé ; Antarès est une gigantesque étoile en fin de vie qui devrait un jour prochain exploser en supernova et qui nous offrira en mourant un spectacle d'une rare beauté.

Ayant toujours eu une peur panique des feux d'artifice, j'étais terrifiée à l'idée qu'Antarès puisse un jour exploser en supernova au-dessus de ma tête mais là encore je n'osai rien dire. Ce que je ne pus en revanche lui cacher, c'était ma tristesse à l'idée que cette étoile pouvait mourir.

— Tout naît, vit et meurt. Ce n'est pas triste, c'est ainsi.

Mon grand-père était un érudit. Il n'était pas passionné par les étoiles, il s'intéressait à elles comme à tout ce qui l'entourait. Son champ de savoirs était illimité. Comme les papillons multicolores qu'il capturait dans son filet vert, il collectionnait patiemment les connaissances de l'infiniment grand à l'infiniment petit. Au cours des nombreuses marches que nous avons faites ensemble dans son pays d'Auvergne, il égrenait les noms des insectes, des oiseaux et des fleurs que nous pouvions rencontrer. Prenant le temps de s'arrêter, il m'incitait à les regarder avec attention et à identifier leurs caractéristiques afin de bien les reconnaître à mon tour. Je crois que c'était bien plus qu'un apprentissage d'entomologie, d'ornithologie et de botanique. Dans son langage à lui, c'étaient des leçons d'amour. Son appétit s'étendait au-delà du visible : il avait rédigé une thèse en chimie et appris à retrouver l'énergie contenue dans les pierres avec un pendule. Je crois que pour lui *tout était lié*. Mon grand-père était un érudit mais son approche pragmatique du vivant le rendait en apparence imperméable aux émotions. Dès qu'il s'agissait de s'intéresser à l'aspect humain des choses, il était brusque et maladroit. M'entendant sangloter, il comprit que ses paroles ne m'avaient pas consolée.

— De toute façon, Antarès est peut-être déjà morte au moment où nous parlons. Elle est à 550 années-lumière de la Terre. Ce que nous voyons c'est donc ce qu'elle était il y a 550 ans. Quand on regarde les étoiles, on regarde le passé.

Fascinée par ce qu'il venait de me révéler, j'arrêtai aussitôt de pleurer. Et puis j'étais un peu consolée à l'idée que même morte, une étoile pouvait continuer à briller.

Il m'apprit ensuite à les relier entre elles comme l'avaient fait nos ancêtres pour retrouver les formes qu'on appelle constellations. La Grande Ourse était la seule pour laquelle j'arrivais à identifier une forme reconnaissable mais c'était plutôt celle de la casserole à laquelle son surnom renvoyait. En remontant le long de l'arc formé par le manche de la casserole et Arcturus, on arrivait jusqu'à la constellation de la Vierge qui par le mois de notre naissance nous reliait tous deux à elle et ainsi l'un à l'autre. Dans le dessin énigmatique des étoiles, je ne voyais ni la prétendue femme ni l'épi qu'elle était censée glaner mais là encore, j'écoutais en silence mon grand-père tout en espérant qu'un jour je serais capable de voir ce qu'il voyait. C'est ainsi que l'image tutélaire de la vierge glaneuse a rejoint dans le panthéon de mon enfance celle du marcheur, du chasseur de papillons et du cueilleur d'étoiles. Maintenant que mon grand-père n'est plus là et qu'il me semble qu'il n'a jamais été aussi présent, ces figures deviennent signes. Plus tard, s'est ajoutée à elles celle du petit pèlerin du Moyen Âge qui dans la gravure anonyme, dite de Flammarion, parvient, après avoir rampé à plat ventre, à rejoindre le point où le ciel et la terre se touchent et à passer la tête hors de la voûte céleste. Il entrevoit ébahi ce qu'il y a de l'autre côté mais l'image tronquée ne nous permet pas de voir *ce qu'il voit*. Ne restent que nos questions sans réponses comme celle qui accompagne cette gravure : « Qu'y a-t-il, alors, dans ce ciel bleu, qui existe certainement, et qui nous voile les étoiles durant le jour ? »

Ce soir-là était un soir particulier. Ma grand-mère et mon petit frère étaient venus se joindre à nous sur la grande couverture rêche car c'était une nuit d'étoiles filantes. À l'excitation de se retrouver tous les quatre réunis pour ce spectacle nocturne, s'ajoutait celle de pouvoir partager ce que j'avais appris au fil de mes observations depuis le début de l'été. Mon grand-père me laissa leur présenter chacune des étoiles avec lesquelles je m'étais familiarisée et que je savais désormais reconnaître : j'étais fière d'être à mon tour celle qui savait et qui pouvait présenter ses nouvelles connaissances comme on présente de nouvelles amies. J'étais en train de leur demander de repérer celle qui par sa couleur faisait le plus penser à Mars lorsque mon grand-père m'interrompit :

— Voilà la première ! Là ! Vite : regardez !

Le regard soudain tendu à l'opposé de Mars vers ce que désignait son doigt, nous ne voyions rien. Il n'y avait d'ailleurs plus rien à voir : l'étoile avait déjà filé.

— Ce n'est pas grave. Il y en aura d'autres.

Effectivement il y en eut beaucoup d'autres mais à chaque fois, je fus incapable de saisir leur image. Au cri des uns et des autres, je lâchais le bout de ciel que j'étais en train d'observer pour tenter d'apercevoir celle qu'ils avaient vue mais c'était justement du bout de ciel que je venais de quitter que fusait la suivante et à chaque fois je revenais bredouille au point de départ. J'étais frustrée et déçue et je commençais à croire que ces méchantes étoiles le faisaient exprès.

— Si elles le font exprès, c'est peut-être pour t'apprendre quelque chose. Observe avec patience un coin du ciel. Attends dans le silence et ne te laisse pas distraire.

Je m'isolai alors trois pas en dessous d'eux couchée directement dans l'herbe fraîche et j'attendis les yeux plongés dans l'obscure clarté que tombent des étoiles. C'est alors que le miracle se produisit. Sautant à pieds joints comme pour la rejoindre, je me précipitai à la poursuite de l'étincelle qui venait de jaillir de l'épi de la Vierge, illuminant dans sa course folle la Voie lactée qu'elle transperça avant de disparaître. J'étais encore sous le charme de cette apparition aussi fulgurante que fugace quand l'étincelle sembla réapparaître à mes pieds. Le point lumineux tremblait dans les brins d'herbe. Je retenais ma respiration et l'observais sans bouger de peur qu'elle ne s'échappe à nouveau. Le petit bout d'étoile continuait à scintiller. Poussée par l'envie de l'observer de plus près, je m'abaissai lentement jusqu'à elle. Je rampai à plat ventre comme le pèlerin de la gravure vers cette lueur tombée du ciel jusqu'à me trouver presque nez à nez avec elle. Mon émerveillement était tel que je n'entendais plus que de très loin les cris de mon frère et les rires de ma grand-mère. Je contemplais sans bruit le phare miniature aux signaux phosphorescents dont le message m'échappait. Absorbée par ce mystère, je n'avais pas entendu mon grand-père approcher.

— C'est un ver luisant. Comme le font les lucioles, cette femelle lampyre cherche par sa lumière à attirer un mâle afin de se reproduire.

Et attrapant délicatement la bestiole, il la déposa dans ma main pour que je puisse l'observer de plus près. Oubliant que je l'avais prise pour une étoile, j'étais captivée par cette étincelle vivante qui se servait de son corps comme d'une lanterne pour conduire l'amour jusqu'à elle.

— Il y avait autrefois beaucoup plus de vers luisants et de lucioles mais avec leur manie de mettre des insecticides et des lumières partout, les hommes sont en train de les faire disparaître. Les mâles qui résistent aux premiers sont aveuglés par les secondes et n'arrivent plus à repérer les femelles. Tu avais moins de chances d'en voir une ce soir qu'une étoile filante.

Quarante ans plus tard, me voici allongée sur une couverture avec mon neveu et ma nièce pour observer les étoiles. Tout à ma joie de leur transmettre un peu de ce que j'avais appris autrefois, j'essaie de retrouver les enseignements de mon grand-père mais, faute de les avoir entretenus, je m'aperçois avec tristesse que le temps a eu raison de mes souvenirs et hormis Vénus et la Grande Ourse, je ne reconnais plus mes vieilles amies. C'est armée d'un portable tendu vers les étoiles que j'arrive finalement à les identifier mais je constate avec amertume que la magie n'opère plus. L'écran qui s'est immiscé entre elles et moi a rompu le charme et terni leur éclat. Je repense avec nostalgie aux longues soirées d'été au cours desquelles mon grand-père prenait le temps de m'apprendre à les regarder et je maudis soudain la facilité de SkySafari. Comme la plupart des applications, elle n'est qu'un leurre pour paresseux qui nous éloigne de ce qu'elle prétend rapprocher. Elle donne accès à une identification immédiate qui ne permet pas de connaître vraiment. Colonisateurs pressés, nous partons à l'assaut du ciel avec nos applications comme les explorateurs des temps modernes traversent en 4 × 4 les plaines arides d'Afrique pour pouvoir dire qu'ils ont « fait » le Kenya ou la Tanzanie. Cette connaissance instantanée et superficielle nous éloigne de l'essence même des choses et de nous-mêmes. Avec mon grand-père, nous prenions le temps de nous imprégner du monde, maintenant nous le survolons. Obsédés par l'utile et ivres de vitesse, angoissés à l'idée de perdre le temps que l'on sent précieux, nous remplissons le vide de futilités et d'artifices. Nous capturons des papillons sans filet, nous glanons sans effort. Nous ne marchons plus. Nous nous épuisons dans une course folle, détraquée et sans but. Nous sommes devenus des étoiles filantes.

Comme quarante ans auparavant, les enfants poussèrent des cris de joie au passage de la première mais attendre la seconde leur fut pénible et la troisième insupportable. Déjà lassés par ce jeu lent et répétitif, ils ne cessaient de me demander s'ils pouvaient m'emprunter mon portable en attendant la suivante. J'étais sur le point d'abandonner lorsqu'une étincelle a jailli dans les herbes au moment où la quatrième étoile filante venait de quitter le ciel.

Je n'avais pas eu l'occasion de voir un ver luisant depuis des années car mon grand-père avait dit vrai : ils avaient progressivement disparu. J'en avais souvent parlé à mes neveux. Quelle chance de pouvoir leur en montrer un ! En silence, le nez au ras du sol, nous rampions tous les trois vers la luciole sans ailes. C'était bien plus excitant qu'un safari d'étoiles avec un portable. Même les enfants semblaient d'accord. En chuchotant, je leur racontais pour la énième fois ma première rencontre avec l'un de ces spécimens qui avaient ensuite jalonné les étés de mon enfance. Comme mon grand-père l'avait prédit, ils s'étaient faits chaque année plus rares avant de s'éteindre sans bruit dans l'indifférence du monde.

Ce n'est qu'une fois tout près du petit phare dans la nuit que nous remarquâmes qu'il n'était pas seul : un deuxième le suivait de près puis à égale distance venaient un troisième, un quatrième et encore toute une ribambelle de spécimens ! Nous avions l'impression d'être trois aventuriers sur le point de faire la découverte d'un trésor perdu. Tendant fébrilement la main vers l'insecte, je me pris les doigts dans un fil en plastique. Comprenant aussitôt le leurre qui m'avait trompée, je retirai devant les enfants déçus tout autant que moi la guirlande solaire GiFi que j'avais achetée pour éclairer la véranda. Elle avait dû tomber à cause du vent.

Maudite étincelle

Izzat C.

Pendant le repas ils sont venus l'embarquer
Mon cœur pleure papa et mes yeux sont sur lui braqués
J'avais à peine douze ans à ce moment-là
« Ma chérie, t'inquiète pas » maman rétorquait.

Les années coulèrent et de l'eau sous les ponts
J'ai grandi avec ma mère mais sans Papon
Mes camarades d'école étaient souvent des brutes
« Ton père dans une cabane et toi fille de hutte
Pour gagner sa vie ta mère joue de la flûte... »

La nuit dans ma chambre je broyais du noir
Je me dis « sois forte » de toute façon il va le falloir
Mon cœur comme un glaçon mon corps comme une bouilloire
Je lâchais mes larmes en serrant la mâchoire
Et me consolais en disant : demain il y a parloir !

***

La prison est sombre et grouille de matons
Il y en a des gentils et d'autres un peu cons
« Le box 17 » ! dit le gros balèze.
Ma mère semble inquiète, et pas vraiment à l'aise
« Ton père s'est fait attraper avec un téléphone,
Aujourd'hui pour lui ça sera hygiaphone. »
Je voyais papa sans pouvoir le toucher
Maman cachait ses larmes en voulant se moucher
« Ça va à l'école ? » mon père finit par lâcher
Je mimais un sourire et ma petite tête hochait.

Tout a changé pour papa : l'adresse de sa maison, l'heure de son repas, ses nouveaux médicaments
La dose de son tabac augmente constamment…
La couleur de ses vêtements et les rides dans son visage
Son regard triste augmente vachement son âge.

***

Papa n'était pas un criminel mais juste un gros fêtard
Qui a pris sa Coccinelle après deux bouteilles de pinard
Il ne pensait pas vraiment qu'en grillant un feu
Comme un minable chauffard il allait en tuer deux !
La loi impitoyable a sanctionné ce fuyard
Et au fond d'une cellule a jeté le taulard.

***

Les années passèrent et toujours pas de Papon

Je me défoule dans le sport avec mes chaussures à crampons
Mon père vieillit vite et ma mère aussi
Pourtant elle n'est pas entourée d'une oppressante voyoucratie !

***

Maman s'est barrée elle est tombée amoureuse
Après tant de péripéties souvent douloureuses
En répétant des théories loufoques et parfois fumeuses
Et en disant : « J'ai envie de vivre ma vie, être à nouveau heureuse. »

***

Moi on m'a placée dans une famille d'accueil.
Dans la région parisienne au sud d'Argenteuil
Ma famille est vidée comme mon portefeuille
Mon cœur est scindé, mon âme un cercueil.

***

Mon père l'a appris par lettre recommandée
Depuis des années c'était ce qu'il appréhendait
Se retrouver d'un coup en plein désespoir
La prison est sombre mais lui nage dans le noir…

***

Aujourd'hui c'est mon anniv et je suis toute seule
Pas un seul coup de fil ni lettre d'un aïeul
Soudain le téléphone sonne, sur lui je me précipite
C'était la prison je me réjouis trop vite
D'une voix grave le dirlo m'annonça que samedi
Concernant papa il y eut une tragédie.

***

Seul dans sa cellule, déprimé ce soir-là
Papa a décidé que sa vie s'arrêterait là
Tout en se disant que ça ne peut plus durer

Avec un flacon inflammable qu'il a pu se procurer
S'est aspergé le corps comme à une certaine pucelle
Et avec son vieux briquet s'est donné une étincelle…

***

Ce texte est inspiré de faits réels. Néanmoins, toute ressemblance avec des faits et des personnages existant ou ayant existé serait purement fortuite et ne pourrait être que le fruit d'une pure coïncidence.

Une lumière brille encore

Lou C.

Croyez-vous qu'il y fasse chaud ou froid, en enfer ?

Certains diront que c'est une vraie fournaise, dans laquelle les flammes vous lèchent les pieds et font fondre votre peau, qui se décolle petit à petit de vos os.

D'autres préfèrent penser qu'il y fait froid, et que le sol n'est fait que de glace, à tel point que lorsque la plante de vos pieds le touche, votre sang gèle instantanément dans vos veines.

Je préfère croire qu'il n'y fait ni chaud, ni froid. Que l'enfer ressemble à un de ces bâtiments administratifs des quartiers d'affaires des grandes villes ; rempli de bureaux, de bureaucrates, laissant leurs sous-fifres faire le sale boulot, pendant qu'ils se remplissent les poches.

Mais alors, si l'on ne gèle ni ne brûle, avec quoi nous torture-t-on ?

Avec nos propres souvenirs. Nos propres rêves déchus, nos propres erreurs qui nous ont menés dans cet endroit, dans lequel nous sommes condamnés à les revivre, encore et encore.

On m'a déjà dit plusieurs fois qu'il n'était jamais trop tard pour demander pardon et se tourner vers la rédemption. Que de belles paroles. La rédemption ? N'est-elle pas faite pour ceux qui n'en ont pas besoin ?

Me revoilà à nouveau sur le dernier banc de l'église dans laquelle je m'acharne à continuer d'aller depuis le triste début de ma vie. Tout est silencieux, on a presque l'impression d'être déjà mort, enterré dans un tombeau, et condamné à y rester pour les prochains siècles, jusqu'à ce que l'on redevienne poussière. Au bout de l'allée, se tient l'autel, surplombé de vitraux figeant à jamais des instants de vies qui n'ont peut-être même jamais existé.

Comment savoir si ce qu'on dit est vrai ? Les gens sont des menteurs, depuis la nuit des temps. Le mensonge a permis de bâtir des empires, d'exterminer des populations, de manipuler, de tricher.

Le monde est régi par le mensonge, la cupidité, la soif de pouvoir. Le pouvoir, pourquoi est-il si important pour les Hommes ? À croire qu'ils ne peuvent vivre sans lui. Il faut sans cesse être le meilleur, le plus intelligent, le plus beau, le plus riche.

Toujours plus de plus, et de moins en moins d'humanité.

Alors pourquoi m'inquiété-je autant ? Me demandant à quoi ressemble l'enfer, comme si cela pouvait m'y préparer.

Je suis né dans l'obscurité, attendant désespérément qu'une étincelle de lumière vienne éclairer les ténèbres qui ne cessaient de croître autour de moi. Mais les seules étincelles que je vis furent celles des allumettes que je craquais pour allumer mes cigarettes. Peut-être n'ai-je pas suffisamment demandé ? Ou pas de la bonne manière ?

La cruauté du monde m'a avalé tout cru, ne me laissant aucune chance. Depuis ma naissance, je me suis retrouvé enfermé dans un cauchemar, un monde dans lequel tu ne crains aucunement les créatures de la nuit, car tu es l'une d'entre elles.

Le cœur lourd en permanence, la petite étincelle qui brille au fond de ton âme vacille et faiblit, manquant d'oxygène.

Je me demande quels souvenirs viendront me torturer l'esprit. Serait-ce celui du jour de la mort de mon père, lorsque je l'ai poussé sous un train, alors qu'il m'emmenait à nouveau voir des « amis à lui », comme il disait ?

Mais les souvenirs ne nous hantent que lorsque nous les regrettons, n'est-ce pas ?

Ou celui où j'ai laissé ma mère toute seule avec un homme encore pire que les précédents, parce qu'elle n'a pas eu le courage de partir ? À croire qu'elle ne pouvait vivre qu'à travers la souffrance que ces hommes lui faisaient vivre, comme une droguée qui passe de la cocaïne à l'héroïne, parce que cela ne lui fait plus d'effet.

J'ai eu beau le regretter, j'ai fini par oublier au fil du temps.

En fouillant ma mémoire, je m'aperçois que les routes qui la traversent sont plus sinueuses les unes que les autres.

Je fredonne la chanson des Eagles *Hotel California.*

C'est une histoire bien triste, finalement. Celle de se retrouver au bout du chemin, et de n'y voir qu'un gouffre sans fond, cherchant désespérément à avaler le peu de lumière qu'il reste.

Je hausse les épaules, c'est ainsi que le monde tourne, on trime sur des routes pavées de malheurs et de sang, et au bout du chemin, on ne trouve que l'enfer, qui nous ressasse sans cesse nos plus grosses erreurs ; comme si je n'étais pas assez grand pour le faire tout seul.

Hotel California.

La luminosité qui régnait jusque-là dans l'église décline peu à peu, faisant danser les ombres sur les murs de l'édifice sacré. L'obscurité est destinée à régner, dès lors que le jour s'éteint. Apportant son lot de tragédies et d'âmes errantes en peine.

Je doute que la mienne erre longtemps sur terre, à arpenter les rues de cette ville et à déambuler dans les allées de cette église.

J'entends le bois grincer, on croirait presque que des chuchotements résonnent autour de nous. Se pourrait-il que les anges nous observent, perchés sur les poutres de l'édifice, comme les oiseaux sur leur branche ?

Mon index droit effleure le banc devant moi, sentant les éraflures que deux initiales ont laissées au milieu, dans le bois. Ça remonte si loin. Je revois *son* visage, si doux, si lumineux. À cette époque, on se disait qu'on avait tout le temps du monde devant nous. À cette époque, cet endroit était une sorte de forteresse, rien de mauvais ne pouvait y entrer, mon père ne me frappait pas, ma mère souriait, et je pouvais la voir, *elle*.

Et puis le temps a passé, et mes démons se sont mis à me suivre partout, même ici.

L'étincelle de chaleur qu'*elle* dégageait n'est rapidement plus devenue suffisante pour tenir l'obscurité et la mort éloignées de moi.

Hotel California.

À cette pensée, *son* sourire me revient en mémoire. C'était il y a si longtemps, peut-être même dans une autre vie. Les souvenirs, les regrets, les mauvaises décisions, et leurs conséquences…

Mon regard reste fixé sur le bois, nous étions revenus graver nos initiales après la messe, alors que tout le monde s'était rejoint à l'extérieur. C'était un jour d'été, *elle* avait emprunté le petit couteau de poche de son père, et avait entrepris de dessiner maladroitement les lettres M et S. Quant à moi, j'avais gravé A suivi de T : *Marie Smith & Angel Taylor.*

Je me lève, marche jusqu'à une petite porte au fond de l'église, l'ouvre et sors. Il fait quasiment nuit maintenant, et le cimetière de l'église est à peine éclairé. Seule la lumière de la lune me permet de lire les noms sur les tombes. Je passe devant celle de Jennyfer Atwood, une voisine qui venait à la messe chaque dimanche, et qui m'offrait des bonbons pour Halloween. Au bout de l'allée, je vois deux tombes accolées, mais seule une a un nom gravé dessus : William Taylor. L'homme qui m'a forcé à devenir ce que je suis, à devenir cette personne que je hais.

Je m'assois par terre, les yeux pointés vers la lune. Je sais lequel de mes regrets me torturera l'esprit, car il le fait depuis toujours : n'avoir jamais pu *la* revoir. L'avoir laissée après la mort de mon père, ne jamais avoir cherché à la contacter. Je savais qu'elle allait quitter la ville, mais je n'ai rien fait.

Une larme roule sur ma joue, je l'essuie rapidement et reprends ma contemplation, me laissant engloutir par l'obscurité.

Hotel California

Un bruissement de feuilles me fait sursauter : une silhouette se dessine dans la pénombre et marche à travers le cimetière avant de s'arrêter net devant une tombe. Je ne parviens pas à voir son visage, mais bientôt, j'entends sa voix qui casse le silence du lieu.

— Bonjour, dit la silhouette à la tombe, tu te demandes sûrement pourquoi je viens ici aussi tard. En vérité, moi aussi, je me pose la question. J'ai tourné en rond pendant trente bonnes minutes avant de me rendre compte que je devais venir te voir.

Je m'avance vers la femme, qui s'est agenouillée devant la tombe. Sa voix est légère et mélodieuse, on croirait entendre un ange.

Mes mains se mettent à trembler, à la vue du bracelet qu'elle porte, lorsqu'elle tend la main pour déposer des fleurs blanches.

Sur ce bracelet en argent, il y a un petit pendentif, représentant un ange. Sur l'envers du pendentif figurent les lettres M et A. Je le sais, parce que c'est le bracelet que j'ai offert à Marie le jour de ses dix ans. Je l'avais eu en échange d'heures de ménage effectuées dans l'arrière-boutique du prêteur sur gages du quartier.

Je m'approche encore, et le vois, ce si joli visage que j'appréhendais tellement de retrouver un jour.

— Je suis désolée, tu sais, d'être partie sans te dire au revoir. Je sais qu'en faisant ce que tu as fait, pour ton père, tu as agi pour te protéger et protéger ta mère, et sache que je n'ai jamais cessé de croire en toi.

Mes jambes se mettent elles aussi à trembler. Je m'agenouille près de Marie, dont le visage est mouillé par les larmes qui coulent le long de ses joues.

— Je regrette tellement, ajoute-t-elle.

Elle tente tant bien que mal d'essuyer les larmes, respirant profondément.

— Tu aurais adoré Thomas, on est mariés depuis cinq ans maintenant, c'est un homme très gentil et attentionné. Nous avons une petite fille de trois ans, elle s'appelle Ellie, elle est adorable. Quand je lui raconte les bons moments que nous avons vécus, elle me demande si un jour elle pourrait te rencontrer.

Je ressens comme un coup au cœur, moi qui pensais être prêt à partir…

— J'attends un garçon, on a décidé de l'appeler Angel.

Je passe ma main dans ses jolis cheveux blonds, et y dépose un baiser. Marie tressaute, hoquetant de surprise. Ses yeux brillent et après quelques secondes, elle sourit.

Elle se lève, pose sa main sur la tombe, et chuchote :

— Je suis très heureuse d'avoir pu te revoir, Angel.

Je la vois quitter le cimetière, les cheveux ondulant dans son dos.

Je m'assois face à la tombe que regardait Marie. Finalement, j'avais tort, l'obscurité n'est pas inéluctable. Malgré tout, j'ai toujours eu une petite étincelle dans ma vie, qui ne s'est jamais éteinte, et qui ne s'éteindra jamais.

Je pose une main sur la tombe, en signe d'adieu. Le nom gravé dans la pierre brille sous la lumière de la lune. C'est fini, Angel Lee Taylor, tu peux enfin partir, sans regret, la flamme de ton âme plus étincelante que jamais.

L'association Lire pour en Sortir (LPES), créée en 2014 par Alexandre Duval-Stalla et marrainée par Leïla Slimani, auteure et prix Goncourt 2016, place la lecture et l'écriture au cœur du processus de réinsertion des personnes détenues. En 2021, elle est labellisée par le gouvernement dans le cadre de la lecture Grande cause nationale et en 2023, elle reçoit pour ses actions de transmission de la langue française le prix Charles Defforey abrité par l'Institut de France.

Au 1er septembre 2025, elle propose, au sein de 42 établissements pénitentiaires en métropole et en outre-mer :

– deux programmes personnalisés de

lecture dont un dédié au maintien des liens familiaux ;
- l'organisation et l'animation d'activités culturelles collectives (rencontres avec des auteurs, ateliers d'écriture et de lecture à voix haute) ;
- des actions à réaliser en autonomie en cellule dont le concours annuel d'écriture ;
- l'amélioration de l'offre de lecture dans les bibliothèques pénitentiaires par la redistribution de dons de livres ou la gestion directe de bibliothèques ;
- la réalisation d'événements pour faire changer le regard sur les personnes en détention.

Les activités s'organisent autour d'une équipe de salariés et plus de 240 bénévoles qui œuvrent quotidiennement auprès des personnes détenues et avec les partenaires locaux.

Développer la pratique de la lecture et de l'écriture en milieu carcéral est un moyen de favoriser durablement le mieux-être, l'apprentissage, la découverte de nouveaux horizons des personnes détenues. Cela contribue ainsi à leur autonomisation dans leur parcours de détention et prépare durablement leur réinsertion sociale et professionnelle.

LIRE POUR EN SORTIR
La réinsertion par la lecture

www.lirepourensortir.org
23 rue Lavoisier
75008 Paris

Imprimé en France par
CPI Bussière
en novembre 2025

Composé et mis en pages par
Nord Compo à Villeneuve-d'Ascq

Pour plus d'information :

#lisez! engagé
www.lisez.com

Imprimé sur du papier issu de forêts gérées durablement.

N° d'édition : C21296/01 – N° d'impression : 2087164